ミレナ
斎藤憐
REN SAITO
而立書房

# ミレナ

■登場人物

四七一四　ミレナ・イェセンスカー
四二〇八　マルガレーテ・ノイマン
ベスト（親衛隊特別監督官）
ゲルダ（臨時雇いの親衛隊員）
女囚1
女囚2
女囚3
女囚4
女囚5
女囚6
男1
男2
男3

# 一幕

# 1

人々が、ミレナとK（男1）を見ている。

**ミレナ**「あなた、お城から呼ばれたって本当なの」
**K**「わたしは測量士だ。伯爵に頼まれてやってきた」
**ミレナ**「でも、あなたはお城のことはよくご存じゃない」
**K**「明日にも助手たちが道具を積んでやってくる。暗くなって雪に手間取って……」
**ミレナ**「道に迷ったのね」
**K**「今夜、ここに泊めてもらえるかな」
**ミレナ**「……流れ者を泊めるとね。村の連中がうるさいのよ」
**K**「伯爵のこともまだ何も知らないんだ。ここに泊めてくれるかね」
**ミレナ**「私を誘惑しているの」
**K**「心の底を見抜かれました。まさにそれを望んでいるのです。あなたは私の愛人になるべきです」
**ミレナ**「流れ者の愛人に?」
**K**「あなたと一緒になれば流れ者ではなくなります」
**ミレナ**「……」
**K**「あなたも迷っている」

ミレナ　（小声で）「あの農夫たちを追い出さなくちゃあ。しばらくしたら、戻ってきて。（Kに身を寄せ）いとしい人！　やさしい人！」（芝居をやめて）ねえ、この村娘、ずいぶん蓮っ葉ねえ。

K　蓮っ葉ですか。

ミレナ　お城から呼ばれたKはどうして最後までお城へ着けないの。

K　どうしてだか、僕にもわからない。測量技師Kは城に行くために村にきたのだから、最後まで城に行き着かないというのはおかしいと出版社は断ってきた。

ミレナ　自分はどこに向かって歩いているんだろうって思うことはある。

K　僕たちは、今ここにいる。ならばいる理由がありそうなもんだと誰しも思う。しかし、僕たちはこの世界に呼ばれてきたんだろうか？

ミレナ　私はあなたのように悲観的じゃないわ。私たちは生きる意味を見つけられるし、見つけなきゃならないの。お城へ向かって歩き出さないといけないの。

K　（小声で）城みたいなところにはたどり着けるだろう。だが、そこは城ではない。

ミレナ　どうして、お城にたどり着けないの。

K、去っていく。

ミレナ　（Kを見送って）フランツ・カフカは生前、いくつかの短編集を出版しましたがまったく売れませんでした。カフカがこの世を去った一九二四年、前年のミュンヘン一揆で捕らえられたアドルフ・ヒトラーは獄中で『我が闘争』を書き、九百八十四万部のベストセラーになりました。

ハインツ（男2）とマルガレーテが入ってくる。

**ハインツ**　「革命のために剣を抜いた僕の腕を押さえつける奴は敵だ。ダントン、私はどんな理由であろうと、行く手を邪魔する奴はギロチン台に送ってやる」

**マルガレーテ**　「ロベスピエール、正当防衛でなきゃあ、単なる殺人だぜ。僕にはこれ以上、粛正を続ける理由が見つからない」

**ハインツ**　「革命はまだ終わっちゃいない。なぜなら未だに過去のよき時代の追憶に浸っている階級が居座っている。奴らの悪徳を撲滅し、道徳が支配する世界を作るためには、テロが必要なんだよ、ダントン」

**マルガレーテ**　「何を悪徳とするか。それは誰が決めるんだ。ロベスピエール。君は賄賂を受け取らない、借金もしない、女と寝たこともない、酒の上の過ちも起こしたことがない。腹の立つほどご立派だよ。生まれて三十年もの間、聖人面をぶら下げて巷をうろつき回るなんて芸当、僕には恥ずかしくってできやしない」

**ハインツ**　「そう。僕は、天地神明に誓って清廉潔白だ」

**マルガレーテ**　ハインツが二十八歳の私をベルリンの劇場に連れて行ってくれたのは、ウォール街で株が暴落した一九二九年のこと。私たちは観てきたばかりのヴューヒナーの『ダントンの死』について、革命権力と暴力について語り合い、議論が終わらないのでホテルに泊まりました。ハインツはドイツの革命を指導するため、モスクワから戻ってきたドイツ共産党の指導者。台頭するナチズムとの闘いについての彼の原稿をタイプするのが私の仕事。それから原稿を書くハインツに夜食を作るようになって……。（ハインツが去っていくのを見送って）ハインツは今、ここから三千キロ離れたソ連の収容所にいます。


ラーヴェンスブリュック女子強制収容所のサイレンが鳴る。

収容所のバラック、作業場、ガス室、地下の拷問室、親衛隊隊員の詰め所、医務室や倉庫に通じるドア。奥の高い窓からは、火葬場の煙突が天まで届いているのが見える。

ドアの一つが開いて、膝までの長靴、現役兵のスカート、身体にぴったりの制服に拳銃と鞭を持った収容所特別監督官ベストが入ってくる。

白衣を着て杖を持った医師のゾンダーク（男1）。

身上書カードを持った中年女ゲルダが、震えるエリザベト（女囚3）を連れてきた。だぶだぶの縞のワンピース、濃紺のエプロン、真っ白の頭巾。

**ゲルダ**　おい、しっかり立つんだ。
**ベスト**　どうした？
**ゲルダ**　こいつ、腰が抜けちまって……。こら、あたいによっかかるんじゃない。

女囚3　は、はい。（崩れ落ちる）
ゲルダ　四時の列車で到着したばかりでね。
ベスト　お前は警備班じゃなかったか。
ゲルダ　ハイル・ヒトラー！　マーリアがね、今週中にジャガ芋掘っちまわないとなんねえから。ほら、冬将軍がきなさるだろ。……事務の仕事なんて、あたいじゃ勤まんねえって言っただけど、マーリアに泣きつかれちまってさ。
ベスト　もういい。
ゲルダ　一生懸命やりますから。

囚人服に緑の腕章をしたマルガレーテがタイプの前に着く。

ベスト　この紫のゼッケンは？
ゲルダ　紫はぁ……。ええと。（身上書を見る）キリストの……。
ベスト　紫は、戦に協力できないって自分から刑務所に入ったバイブル原理主義、エホバの証人のグループだ。生年月日。
女囚3　（中空を見つめて荒い息）セ、セ、セ。
ゾンダーク　心神喪失状態だ。次。

マルガレーテ、女囚3の手を取り連れ出す。
ゲルダが女囚6を連れてくる。

**ゾンダーク**　おや、別嬪ちゃんだねえ。（と、杖でつっく）

**ベスト**　そいつは何者だかわかるか？

**ゲルダ**　三角形が二つはユダヤ人だぐらい、うちのミカエラにだって分かりますだ。

**ゾンダーク**　ミカエラ？

**ゲルダ**　末っ子でね。まだ五つだけど賢い子でね。四人ガキ産んだから、総統閣下からブロンズの母親十字勲章をもらったのさ。六人産みゃあ銀、八人だと金賞がもらえるけんど、亭主が神様に召されちまって。いっくらいい畑でも、種蒔かなきゃ、餓鬼ゃ産まれないもんね。（豪快に笑う）こいつはどんな悪さしてこの収容所に入れられたんかいね。

**ベスト**　ナチ親衛隊三十万を束ねるヒムラー閣下はなんと言われたか。

**ゲルダ**　（手を挙げ）はい、はい。「英雄はただ英雄的な人種のみから出現しうる」。

**ベスト**　ユダヤ人とジプシーは生まれながらに罪深く、懲罰を受ける資格を備えている。連れて行け。

マルガレーテ、女囚6を連れて行く。

**ベスト**　次。

ミレナ、入ってくる。

**ベスト**　（ミレナを指して、ゲルダに）よし。こいつは？

**ゲルダ**　えーと……。

**ベスト**　赤いゼッセンは、政治犯だ。

**ゲルダ**　は、はい。

**ベスト**　このTはなんだ。

**ゲルダ**　ティ、ティ、ティ、ティと。トルコ人かね？

**ベスト**　こいつの顔がトルコ人に見えるか！　Tはチェコ、Nはオランダ、Fはフランスだ。

戻ってきたマルガレーテ、タイプを打つ。

**ベスト**　名前と生年月日。

**ミレナ**　ミレナ・イェセンスカー。一八九五年八月十日生まれ。

**ベスト**　職業。

**ミレナ**　ジャーナリスト。

**ベスト**　付帯書類は？

ゲルダ　（書類を見てシドロモドロに）一九二〇年、ユダヤ人作家フランツ・カフカの……。ええと……。
ゾンダーク　（のぞき込んで）ダラクした。
ゲルダ　ダラクした短編小説をチェコ語に……。ええと……。
ゾンダーク　翻訳した。
ベスト　カフカ、何者だ。（マルガレーテに）お前、知っとるか。
マルガレーテ　（無言で首を振る）
ゾンダーク　（調書を取り上げて）頽廃的で非ドイツ的異分子の文学として、全著作を焼却。
ベスト　アカの小説か。
ミレナ　ちがいます。セールスマンがある朝、目が覚めると虫に変身しているんです。
ゾンダーク　虫に変身した。（鼻先で笑う）児童文学か？
ミレナ　「審判」という作品の主人公は、なんの罪もないのにある日、逮捕されます。
ゲルダ　なんの罪もねえのに？　そんなこたぁねえだろう。
ミレナ　私もそうでした。
ベスト　この女の罪状は？
ゲルダ　プラハの町を、あら、ダビデの星、胸につけて歩き回ったってよ。（調書を机に置く）
ゾンダーク　ユダヤ人の子を産んだじゃないんだろうね。
ミレナ　産みたかった。ユダヤ人の子供を持てなかったことが心残りです。
ベスト　なに！（と、鞭を鳴らして向かった）

ゾンダークが「待て」と言ってベストに耳打ちする。
その間にマルガレーテ、調書を自分のほうに引っ張る。

**ベスト**　お前は、ゾンダーク医師の管轄で、チェコ人病棟の勤務とする。
**ゾンダーク**　（ミレナの顎に杖を当てて）仲良くやろうな。
**ミレナ**　（杖を払いのける）
**ゾンダーク**　いつまで続くかなあ、その強気が。

女囚の叫び声が聞こえる。
マルガレーテ、調書を囚人服の中に隠す。

**ゾンダーク**　ペチコートをめくられて、皮のバンドで体を縛られ、パンツをおろされて二五回たたきを二回。試してみるか？
**ベスト**　何番になる。
**マルガレーテ**　四七一四です。
**ベスト**　四七一四番を病棟管理課へ。
**ゲルダ**　合点、承知の助。病棟管理課。（ミレナを連れて行く）

ベスト　ドイツ民族は優秀だなんて言ったのは誰だ。
ゾンダーク　（杖を持って立ち上がって）近在の百姓です。日曜日で、急にチェコから囚人が移送され、人手が足りなくて。
ゲルダ　（ドアが開いて）長男のハンスが兵隊に取られちまってね。ここは給料も食事もいいと聞いたけんな。
ベスト　まだいたのか。なんの用だ？
ゲルダ　あたいらは、ゴロツキを立ち直らせて、働かせるために収容所を作ったんだろう。
ベスト　そうだ。
ゲルダ　あんたさっき、シャワー浴びさせた後、女たちを裸のまま立たせて、いろいろ聞いただろう。
ゾンダーク　それが？
ゲルダ　あのエホバの証人も、あんたに素っ裸にされてるんだ。どうかと思うねえ。

ベストが鞭で床を叩いた。

ゲルダ　（悲鳴）
ベスト　心神喪失のおばさんは、ハンブルグの造船所長夫人だった。昨日までたくさんの召使いにかしずかれ、慈善事業までおやり遊ばした。いいか、奴らの特権意識を叩きつぶさなきゃならん。
ゲルダ　スイス製時計、取り上げられて、泣いてたよ。

ベスト　それからあのチェコ女、あの手合いは自分が私らよりまっとうな人間だと思ってる。
ゲルダ　あたいらなんかより、ずっと学もありそうだ。
ベスト　その教養、人間的自尊心を叩きつぶすんだ。
ゲルダ　あたいはね。最後の審判んとき、神様に叱られるようなことだけはしたくねえんだ。
ゾンダーク　お前は制服を支給されたな。
ゲルダ　制服はいいねえ。偉くなったみてえだ。
ゾンダーク　制服を着ているとき、お前はお前ではない。
ゲルダ　うん。あたいも最初にこいつを着たとき、自分でねえような気がしたよ。
ゾンダーク　お前はその制服を着たとき、親衛隊員だ。お前のしたことは親衛隊のしたことだ。
ゲルダ　そうか！
ベスト　囚人たちは家畜なんだ。この世には支配するべき人間と支配されるべき人間がいる。三パーセントの選ばれた人間が、残りの九十七％の家畜を支配するのだ。
ゲルダ　豚なら四匹飼っています。
ベスト　お前は何者だ。
ゲルダ　ラーヴェンスブリュック女子収容所内務班であります。
ベスト　ちがう。お前は、私の前では家畜だ。
ゲルダ　はい。（敬礼する）
ベスト　よーし。見回りに行くぞ。

二人、出ていく。

**ゾンダーク**　（マルガレーテに）タイプしてくれ。一昨日、死刑になったシュタウトの家族宛だ。

マルガレーテがタイプを打ちだす。

**ゾンダーク**　敬愛するシュタウト夫人、あなたのご息女は三月九日、当収容所で亡くなりました。彼女は病舎へ収容されたとき大変弱っており、呼吸が困難であること、胸が痛むことを訴えておりました。最良の薬が投与され、医師たちによる献身的治療が行われたのですが、残念ながら患者の命を救うことはできませんでした。ラーヴェンスブリュック収容所主任医師オットー・ゾンダーク。……あのチェコ女の調書はどこだ。

**マルガレーテ**　特別監督官がお持ちになりました。

**ゾンダーク**　そうか。

ゾンダーク、サインして去っていく。
マルガレーテ、調書を囚人服の下から出して読み始める。

**マルガレーテ**　（暗唱するように）ミレナ・イェセンスカー。一九三九年三月、ドイツ国防軍のプラハ侵攻に際して、雑誌「現在」に反ナチスの論調を書き、執筆禁止処分。プラハの自宅にユダヤ人をかくまった件で逮捕され、ゲシュタポの尋問を受ける。一九四〇年十月、ベネシーシャウ収容所からラーヴェンスブリュック強制収容所へ移送。

## 2

新参者用のバラックの入り口近く。
片隅に、ミレナ。
女囚3をみんなで取り押さえている。

女囚5　落ち着いてください。ツォルンさん。
女囚3　もうたくさんだわ。もうたくさんだ。
女囚5　たしかにここは耐え難い境遇です。しかし、みんなそれを我慢しているんです。
女囚3　我慢できる人は我慢すればいい。この蚕棚に敷いてあるのは藁じゃない。牛じゃあるまいし、藁の上でどうやって寝るの？
女囚5　そのうち慣れますよ。
女囚3　お風呂にも入らず、パジャマもなしでどうやって寝るの。
ミレナ　寝られないなら、起きてればいい。
女囚3　こんな狭いところに見ず知らずの人とくっついて寝るなんて。
女囚4　静かにしてください。（指して小声で）マルタは、夕ご飯の前に娘さんが銃殺されたの。
女囚3　夕ご飯？　あのハボタンのぬるいお湯がスープ？
女囚4　みんな我慢しているんです。

袋を持ったマルガレーテ。

**女囚3** あんたたちは我慢できるの、この匂いに。
**女囚5** 寒さで下痢を起こす人たちがいるんです。
**女囚3** ここは豚小屋。こんなところで獣みたいに生きるんだったら、死んだほうがまし。
**ミレナ** 表に駆け出してみる？　高圧電流の鉄条網があるわ。
**ゲルダ** （出てきて）豚小屋だと、騒いでいたのは誰だ？

全員、身をすくめる。

**ゲルダ** （女囚3に）おめえだな。風呂に入りたい言ったんは。
**女囚3** いえ、私は……。
**ゲルダ** ふん。さぞ、ご立派なお屋敷に住んでたんだろう。ええ？
**女囚3** い、いえ。
**ゲルダ** ちょっとこい。たっぷり水浴びさせてやるわ。
**女囚5** 許してやって。外は零下です。
**ゲルダ** （女囚3を蹴飛ばし）くるんだ！

ゲルダに連れられて出ていく女囚3。
こわごわ、追う、女囚たち。
マルガレーテが片隅に手招きする。

**ミレナ**　なんか用?
**マルガレーテ**　（アルミのコップを出して）牛の骨のスープで煮たお粥よ。
**ミレナ**　どういう魂胆?
**マルガレーテ**　毒は入ってないわ。私、カフカって作家、知らなかった。ずっとソ連邦にいたものだから。
**ミレナ**　……（食べ始める）
**マルガレーテ**　マルガレーテ・ノイマン。よろしく。
**女囚4**　食べ終わったらそのボールとスプーン、囚人服にしっかりくくりつけとくのよ。でないと、夜中にかならず盗まれる。
**マルガレーテ**　よかったわ。病棟勤務なら、ジーメンスの工場で働くより楽だし、あそこじゃ、ドイツ軍の兵器を作ってる。
**女囚4**　あのゾンダークって医者は女好きだから気をつけて。
**ミレナ**　この収容所、あんたたちドイツ人が作ったんでしょ。

マルガレーテ　ナーナはあなたと同じチェコ人よ。あなた、プラハでダビデの星をつけて抵抗したんですって。
女囚4　でも、ここでは反抗しないほうがいいわ。
ミレナ　背筋を伸ばして歩かないと生きていることにはならない。
マルガレーテ　従順なふりをしてればいいの。
ミレナ　ブロックの舎監はほとんど政治犯だって聞いたけど、政治犯が、どうしてナチ親衛隊の腰巾着をやってるの。
マルガレーテ　第三帝国はたくさんの若者たちを戦場や軍需工場に送ったから、看守が足りない。その足りない部分を囚人にやらせている。
ミレナ　それは、ナチスに協力してるってことでしょ。
女囚4　もちろん、親衛隊は私たち政治犯を憎んでいる。だから当初は、ブロック長にしなかった。でも、泥棒や売春婦たち刑事犯をブロック長に付けると必ず騒動が持ち上がって、親衛隊はその取り締まりに手を焼いたの。
ミレナ　で、教養と組織能力のある政治犯がブロック長に指名された。コミュニストは、組織と規律が大好きですものね。
女囚4　マルガレーテは速記とタイプとロシア語ができるから、ベスト特別監督官の秘書。緑色の腕章を付けているお陰で刑務所の中を往き来ができるし、私たちは次に何が起きるか、知ることができるようになったのよ。

ミレナ　そうやって、ナチ親衛隊の犬になっていく。

犬の吠え声と、女性の絶叫が聞こえてくる。

女囚4　始まったわ。
ミレナ　何なの？　犬が吠えてる！
マルガレーテ　さっきユダヤの女の子が地雷除去作業を拒否したの。
女囚4　親衛隊の奴らが警備犬をけしかけているのさ。ドーベルマンは獰猛だから、内臓まで食いちぎる。
ミレナ　なにもできないの、私たちには。

囚人たち、窓によって外を見ようとする。
犬の吠え声と女の叫び声。

ミレナ　あんたたち、どうして毎日少しずつ殺されていくのを待ってるの？　五千人の囚人に二百人の看守でしょ。
女囚4　反抗したら、血が流れます。
ミレナ　ドイツ軍に接収されたチェコのスコダ自動車工場の三千五百の労働者は今年、サボタージュを組織したわ。

**女囚4**　そして、五百人の労働者が殺された。

**ミレナ**　三千人は生き残ったわ。

**マルガレーテ**　ここは、寄り合い所帯だもの。組織的抵抗は不可能よ。

**ミレナ**　どうして？

**マルガレーテ**　茶色のゼッケンのジプシー。緑のゼッケンの窃盗や売春の常習犯は、パン一個で親衛隊に仲間を売る。エホバの証人たちは、暴力には絶対参加しない。

**ミレナ**　政治犯だけで一斉に四方八方に逃げ出せば？　毎日少しずつ殺されるのをただ待ってるよりいいでしょう。

**マルガレーテ**　ミレナ。この鉄条網の外はどこの国？　ナチス・ドイツ。東はポーランド、西はフランス。南はチェコ、北はデンマーク、ノルウェイ。どこもナチスの占領地。

**ミレナ**　その向こうはソ連か……。

**マルガレーテ**　（つい大声で）あなた、ソ連に逃げるつもりなの？

**ミレナ**　まさか。

女囚1、「また、ソ連の悪口かい」と顔を出す。

後から女囚2。

女囚1　新入りだね。この女と付き合うとろくなことにならないよ。
ミレナ　どういうこと？
女囚1　この女がどうしてここへぶち込まれたか知ってるかい？　こいつの亭主は、ドイツ共産党の指導者だったの。
ミレナ　へえ？　（改めてマルガレーテを見る）
女囚2　偉そうにコミンテルンの方針をモスクワから送りつけていたのよ。
ミレナ　そりゃ、お見それしました。
女囚1　同志スターリンのお気に入りでね。こいつはご亭主とモスクワのホテル・ルックスでドイツの共産党の代表として豪華な生活をなさった挙げ句、破壊活動をやって逮捕されたんだよ。
ミレナ　あんた、ソ連で逮捕されたの？
マルガレーテ　……。
女囚1　そして、女房のこいつもモスクワで反逆罪に問われたんだ。夫婦そろってスターリンを裏切ったんだよ。
ミレナ　共産党の指導者がスターリンを裏切った？
女囚1　こいつの亭主は、ヒトラーのスパイだったっていう供述書にサインしてるのさ。
ミレナ　どうしてヒトラーのスパイが、ヒトラーの収容所にいるわけ？
女囚2　こいつの亭主がコミンテルンを食いものしたからさ。

「コミンテルンを食った？」とゲルダがずぶぬれの女囚3と入ってくる。

**ゲルダ**　お前、コミンテルンてのを、食ったのか？

**女囚2**　コミンテルンというのは、世界革命のための共産党の代表者の集まりです。

**ゲルダ**　ああ、そうかい。むずかしいこと、ごちゃごちゃ言わなくてもいいよ。お前らは隣のバラックだろう。

**女囚1**　はいはい。すぐ戻ります。

**ゲルダ**　待て。お前らは何ものだ。

**女囚1**　政治犯です。

**ゲルダ**　ちがう。お前らはここでは家畜だ。こい。（女囚1を連れて去る）

**女囚2**　こっちへいらっしゃい。拭いてあげる。

と、女囚3を奥に連れて行く。

銃声。

**マルガレーテ**　服従を囚人たちに教えてるの。まだ二十歳前のジプシー娘よ。

**ミレナ**　若い人の死はたまらない。まだ自分自身が何者かも理解できないうちに、バッサリと人生が切断される。

**マルガレーテ**　（突然）ねえ、あなたの恋の話を聞かせて。そのユダヤ人の小説家との恋の物語り。

**ミレナ**　恋の話？　こんなときに？

**マルガレーテ**　こんなときだから。

**ミレナ**　モスクワ帰りのドイツの共産党の指導者はなんて言ってあんたを口説いたの。

**マルガレーテ**　忘れたわ。

**ミレナ**　嘘つき。

再び銃声。

**ミレナ**　（その音をうち消すように）私がフランツ・カフカに出会ったのは、まだ二十四の年。亭主のポラクとウィーンに住んでた。フランツの小説は、たくさん落とし穴があって、一度落ちると出られなくなっちゃうの。

**マルガレーテ**　恋のアリ地獄？

**ミレナ**　フランツから手紙がきて、あの人が静養していた北イタリアの結核療養所に会いに行ったのが始まり。

3

人々が輪になって踊っている。
看護婦が、Kの寝ているベッドを押してくる。

**ミレナ**　測量技師は（原稿を読んで）「どこの村に迷い込んだものやら。ここには城があるのですか」って言いますね。生まれてきたこの世界が、人間にとって異郷だってことですか。

**K**　君がそう解釈するのはいい。しかし、意味ありげな翻訳にしないで欲しい。居場所のない浮浪者がただ村に定住しようとしたのかもしれない。

**ミレナ**　私のチェコ語は素直すぎるほどだわ。

**K**　オーストリア帝国はチェコの役人にドイツ語を強要している。ほら、あそこの八百屋も雑役夫もみんなチェコ人だ。

**ミレナ**　馬車の御者も守衛も洗濯女もね。

**K**　僕はオーストリア帝国におもねってドイツ語を話すユダヤ人の家庭に育った。

**ミレナ**　プラハのユダヤ人は、チェコ人にもドイツ人にもなれないわけだ。

**K**　そんなユダヤ人らをみんなタンスにでも詰め込んで、頃を見計らって引き出して、全員窒息したかどうか確かめて、まだ息をしてたら引き出しを押し込んで、すっかり片づけてしまいたい。

**ミレナ**　（本を取り）素敵な装丁の本になったわね。

**K**　友人たちは、僕が殴り書きしたものを拾い集めて、いつの間にか出版契約を結んでしまうんです。その結果、私の人間としての弱点の証拠書類が、文学に化けちまう。

**ミレナ**　（笑う）これがあなたの弱点の証拠書類。

**K**　プラハ城へ行きませんか。

**ミレナ**　今日はお城ではなく、どこかホテルがいい。（原稿を読んで）「二人はたがいに抱き合った。小さな身体がKの両腕のなかで燃えていた。二人は一種の失神状態でころげ回った」。愛し合っているなら、ホテルに行きたいと思うのは普通のことよ。

**K**　普通。普通じゃない。普通。普通じゃない。（咳き込む）

**ミレナ**　ねえ、私の亭主のことなんか心配しないでいいのよ。あの人は、今も十人もの恋人を持っているのよ。

**K**　十人？　すごいなあ。

**ミレナ**　感動することじゃないわ。

**K**　その上、為替取引所に出入りなさってる。

**ミレナ**　ドイツマルクの暴落で、たくさん稼いだわ。

**K**　すごいなあ。

沈黙。

K　海が海底のとても小さな石ころを愛しているように、僕はこの世界を愛しています。

ミレナ　あなたは、この世界を愛しているのね。それで？

K　そしてこの世界には、あなたの右の肩も属している。それゆえ、あなたがブラウスをずらしてくださるなら、私はあなたの右肩にキスします。

ミレナ　いつでも。

K　森の中で私の上になっているあなたの顔も、森の中でわたしの下になっていたあなたの顔も、それからまた露わになったあなたの胸で静かに眠ることも、みんなわたしの愛する世界に属しているのです。

ミレナ　私ひとりで世界を作れないわ。

K　あなたは自分がこの世界の中にいると思っていますが、世界はあなたの中にあるのです。

ミレナ　一人ひとりの中に世界があるとすれば、世界ってずいぶんたくさんあるのね。

K　人はみんなが一つの世界に生きていると勘違いしているのです。ほら、泣き叫んでいる人がいますね。

ミレナ　泣き叫んでいる？　どこで、誰が？

K　ほら、ほら。

## 4

叫び声が聞こえる。

**ミレナ**　収容所の医務室は、薬も足りない。ベッドも足りない。担当医はやる気がない。そんな仕事場にやっと慣れたある朝、マルガレーテが地下の隔離室に連れて行かれた。彼女は冬服をはぎ取られ裸で、真っ暗な独房に入れられた。罪状はドーベルマン用の牛の骨で煮た粥を盗んで私に食べさせたこと。石炭殻の道を歩かされて足の裏が傷だらけになっていた私に靴を盗んできたこと。誰が親衛隊に密告したのか、だいたいの想像はつく。

看護病棟の粗末な診察室。机と薬棚。
ゾンダーク（男1）がラジオのベートーベンに合わせてタクトを振っている。
ノートを持ったミレナが入ってくる。

**ミレナ**　先生、仕立て工場から、麻疹患者が出ました。すぐに患者を隔離して検疫を行うべきです。
**ゾンダーク**　どこに？　隔離するにも場所がない。
**ミレナ**　刑罰ブロック使えば……。
**ゾンダーク**　ここの担当医はお前か。

ミレナ　ゾンダーク先生です。でも、患者が増えれば仕立て工場はノルマを達成できず、先生の責任になります。

ゾンダーク　……明日朝までに、隔離患者のリストを作ってくれ。

ミレナ　分かりました。

ゾンダーク　おお、もう七時だ。（ラジオを消す）お前のお陰で助かるよ。

ミレナ　（ノートを出して仕事を始める）先生。

ゾンダーク　なんだい。

ミレナ　マルガレーテ・ノイマンのことですが。

ゾンダーク　……暗室監禁、食物停止、錠を掛けられた板張り寝台に寝ているよ。

ミレナ　もう三週間。大分弱っていると聞きました。

ゾンダーク　あれは敗血症だ。もう出血斑が出てるからあのままにしておけば、遠からずお陀仏だな。

ミレナ　マルガレーテを助けてくださるならなんでもする。

ゾンダーク　情が深いね、お前は。（ミレナの顎に手をやる）なんでもすると言ったね。

ミレナ　（突然立ち上がってナチス党の歌を歌い始める）

ゾンダーク　収容所の担当医まで落ちぶれたかと思ってたが、お前に会えた幸運に感謝しているよ。強情張るのはおよし、ミレナ。

ミレナ　（歌い続ける）

ゾンダーク　そうだ。ミレナ、もっと歌いなさい。（抱きつく）歌いなさい。歌え、歌うんだ。（愛撫する）

ミレナ　（振りほどいて包みを渡し）今日は、奥様とお嬢様にソーセージをお持ち帰りになると。
ゾンダーク　（杖で突っついて）おい、お前は囚人だってことを忘れるなよ。

ノックの音。

ゾンダーク　どうぞ。

ベストが入ってくる。

ゾンダーク　（あわてて椅子に座り）ああ。今帰るところでね。
ベスト　親衛隊本部から、回復見込みのない患者のリストを出せと言ってきてる。（書類を渡す）
ゾンダーク　そうですか。早速、明日にでも。（包みを持つ）じゃ、お先に失礼しますよ。（出ていく）
ベスト　（ため息まじりに）人を殺しても犯罪にならないのが軍人と医者だとさ。
ミレナ　特別監督官殿。
ベスト　何だ？
ミレナ　マルガレーテ・ノイマンのことですが。
ベスト　四二〇八がどうした？
ミレナ　あの女《ひと》を釈放していただきたいんです。

ベスト　ふん。
ミレナ　あの女《ひと》は私の友だちです。あのお粥は私のために。
ベスト　お友だち？　ここは学生寮じゃないんでね。
ミレナ　私、あの女《ひと》と代わります。
ベスト　お友だちならもっとあの女を知っておくんだな。
ミレナ　……。
ベスト　収容所には、時々危険な行為をあえて行う女がいる。英雄ってわけじゃない。おっちょこちょいでもない。キャベツ一個を盗んで、二百人のロシア女たちが、三日間、一滴の水も与えられなかったことをあの女は知っている。知ってながら、見つかればただではすまない行為に及んだ。
ミレナ　……自殺ですか？
ベスト　あの女は自分を罰したいんだ。
ミレナ　自分で自分を罰する……。なぜ罰するんですか。
ベスト　それは分からん。檻の中の家畜どもに唯一行使できる自由は自殺だからな。しかしロシア語もできるし有能な秘書だから、奴がいないと不便だ。だから今、奴を独房から出すよう指示したところだ。
ミレナ　そうですか！
ベスト　今頃、下で体を洗ってる。四七一四、私に協力してくれるか？
ミレナ　協力？

ベスト　生きようと願う人間を殺すのは簡単だが、死のうと思う人間を生かしておくのは、むずかしい。
ゲルダの声　（戸口の外から）ゲルダです。
ベスト　どうした。
ゲルダ　（入ってきて）ちょっと怪我をしちまったもんでな。（手を出す）あれ、先生は帰っちまったのかい。
ミレナ　私が見ます。
ベスト　協力、頼んだよ。（去る）
ミレナ　（手を見て）犬にでも噛まれたの。
ゲルダ　昨夜、あたいらの村で騒ぎがあってポーランド野郎が噛みやがったんだ。
ミレナ　あんたの村でもポーランド人の捕虜が働いているの。
ゲルダ　亭主がアフリカ戦線で死んだイルマって女の家で農作業してるうちに懇《ねんご》ろになっちまってさ。
イルマは腹ぼてさ。
ミレナ　一緒に働いてれば情が移ることもあるでしょう。
ゲルダ　ふん。あ奴らは馬小屋ん中で乳繰りあったのさ。
ミレナ　馬小屋の中なんて、ロマンチックね。
ゲルダ　駄目駄目。あそこん中にまで藁っ屑が入るんだよ。
ミレナ　（笑って）なんで知ってるの。（消毒する）

ゲルダ　しみる……。村中の女が押し掛けてさ、イルマを袋叩きにしてさ。広場に椅子出して丸坊主にしてやったさ。……。痛えよ！

ミレナ　ちゃんと消毒しとかないと。

ゲルダ　イルマの首に「ポーランドの雌豚」って札をかけて村中を引き回したんだ。いゃあ、せいせいしたよ。

ミレナ　かわいそうに。

ゲルダ　イルマが？　亭主はロンメル将軍の下で戦ったんだよ。

ミレナ　ポーランド人を愛しちゃいけないの？

ゲルダ　ヒトラー総統は「劣等人種がドイツ民族の血を汚そうとしている」ておっしゃってる。

ミレナ　ドイツ民族の純血を守るために、息子さんは兵隊に行ったのよ。

ゲルダ　ハンスが行っちまったから薪割りでも何でも、あたいがやらにゃなんねえ。

ミレナ　大変だわねえ。（包帯を巻く）

ゲルダ　来週は、葡萄の解禁日だ。みんなして山葡萄の実を採りに森に入るんさ。

ミレナ　ポーランド人はどうなったの。

ゲルダ　村の教会の裏手の楡の木に吊り下がったさ。

ミレナ　……（ゾンダークの杖を手に持つ）

ゲルダ　穴場は次々にめっけられちまうから、だんだん深いところまで入るだ。木の上のほうの葡萄はね、細長い棒を（ミレナの持っていた棒を取って）こうやって葡萄の蔓に絡ませて引き落とすんだ。うん、今度、山葡萄のジャムを持ってきてやるよ。そりゃうめえぞう。

**ミレナ** ゲルダ、知ってる？ ユダヤ人たちが次々にポーランドの収容所に送られているの。

**ゲルダ** ああ、あいつらは職業訓練のためにポーランドに行ってるんだってよ。あらあら、釣瓶落としの秋の暮れだね。ガキどもがお腹をすかせているわ。ありがとさん。（出ていく）

ミレナ、ローソクに灯をともし、ガラス張りの薬戸棚を開ける。
外で音がするので、灯を吹き消す。
憔悴したマルガレーテ、そっと出てきて薬戸棚を物色する。

**ミレナ** 青酸カリはそんなとこに置いてないよ。

**マルガレーテ** （悲鳴）ああ、あんたか。

**ミレナ** ここにもできものができてる。辛かったでしょう。

**マルガレーテ** 一日、十二時間の強制労働は辛い。でも、なんにもすることのない無為の時間のほうがもっと残酷。独房での昼と夜の境のない三十五日。ミミズじゃないから、自分がなんにもしてないという意識はある。せめて、紙とペンさえあればって思った。

**ミレナ** あんた、敗血症よ。このおできから、細菌が血液に流れて全身に回っているの。だから、今、プロントシルを盗んだところ。

**マルガレーテ** プロントシル？

ミレナ　私も敗血症で死にかけたことがあるの。
マルガレーテ　エホバの証人の一人が危険を冒してあなたからの差し入れを届けてくれたときは嬉しかった。誰かに繋がっているって思えた。
ミレナ　でも次に砂糖とパンを届けたら、あんたは断ってきた。
マルガレーテ　生きてるということは自分の過去と向き合わなきゃなんないということ。
ミレナ　死ぬことなんか考えないで。さあ、行きましょう。（と、マルガレーテと腕を組む）
マルガレーテ　腕を組んだりしたら、あんたも懲罰される。お願い。優しくしないで。やっと守り抜いてきたものが崩れてしまう。
ミレナ　何を守っているの？
マルガレーテ　……生きようとすると苦しい。辛い記憶に耐えているうち、「ま、いいか。楽しいこともあったし」って生きる執着をやめたらフッと体が軽くなった。
ミレナ　駄目よ。そんなの駄目。この三か月、あなたは毎日お説教をぶった。やれ、口笛を吹くな。隊列を守って行進しろ。親衛隊に逆らうな。なんで？　生きのびて、一緒にここから出ようってことでしょ。生き延びていれば、ご亭主と再会できるかもしれないでしょう。
マルガレーテ　地下の独房で、久しぶりにハインツと会った。
ミレナ　ドイツ共産党の指導者は美人秘書を革命劇『ダントンの死』の切符で釣った。ハインツ・ノイマンて革命家は女好きのダントン、それともご清潔なロベスピエール？
マルガレーテ　真面目な人だったから、ロベスピエール。

**ミレナ**　よかった。私の好みじゃないもの。

**マルガレーテ**　ハインツは演説がうまかった。彼がベルリンの街頭に立って働く者のユートピアについて、世界から国境と戦争をなくすことについて演説を始めると、三十分で聴衆は感動しちゃうの。

**ミレナ**　ベッドの中の三十分も演説ぐらい上手だった？

**マルガレーテ**　……それ、相応にね。

**ミレナ**　そうか。地下の暗闇でロベスピエールと密会してたか。

**マルガレーテ**　……真っ暗闇の中でなんにも見えないかというと、そうじゃない。明るいところでは見えなかったものが見えてくる。……私たち人類はなんと愚かなことをしているのか。私たちがあの日々演じていた革命劇には、別の筋立てではなかったのかって？

かすかに、「インターナショナル」が聞こえてくる。
女たちが、赤い布を振っている。

5

マルガレーテ　あの日、私はモスクワのホテル・ルックス一七五号室から革命二十周年のゴーリキー通りのパレードを見ていた。

ハインツが入ってくる。

マルガレーテ　ああ、ハインツ。生きてたのね。ああ、よかった。
ハインツ　なんだい、グレーチェンカ、心配してたのか。
マルガレーテ　だって……
ハインツ　シャンパンスコエを買いに行くって言ったろ。
マルガレーテ　シャンパンなんて久しぶり。（と、シャンパン・グラスを取りに行く）
ハインツ　ゴーリキー通りは、横断幕で一杯だよ。
マルガレーテ　今年は、どんなスローガン。
ハインツ　「私たちの生活は向上し、私たちは幸福になった。スターリン、万歳」
マルガレーテ　ティーエッツ・デパートの労働者代表として、私がモスクワを初めて訪れたのが一九三一年。労働者たちの着ている服はぼろぼろで、パン工場の周りに乞食の子供たちが寝ていた。たしかにこの六年で生活はよくなった。でも革命っていうのは……。

ハインツ　そこまで！（注いで）革命二十周年、おめでとう。
マルガレーテ　（小声で）ねえ、マドリードで一緒に戦ったゴルスキーが……。
ハインツ　聞いたよ。昨日、内部人民委員からの呼び出しがあって、今朝方、八階の窓から飛び降りたって。
マルガレーテ　炊事場では、次は誰だってみんな言ってる。

電話が鳴るので近寄る。

ハインツ　出るな！
マルガレーテ　（手を引っ込める）
ハインツ　盗聴されてる。
マルガレーテ　（小声で）奴らは、夜の夜中にホテルの支配人を連れてドアをノックするそうよ。そして「武器は持ってないかね」って聞くんですって。

そこへ、ノックの音。

ハインツ　（不安になって）どなたです。
声　エルンストです。

エルンストが入ってくる。

**エルンスト** （切符を出して）今夜十時発の「赤い矢号」の切符です。マルガレーテのと二枚。

**マルガレーテ** レニングラード？

**エルンスト** 朝、八時にアレクセイという若者が駅で待っている。そいつがあなたをフィンランド湾を渡る船まで案内するでしょう。電話が鳴ってます。

**ハインツ** ……わかってる。

**マルガレーテ** どうして、ハインツが逃げなくちゃあならないの？

**エルンスト** コミンテルンの国際査問委員会が昨日、「ハインツ・ノイマンは、ドイツにおいてファシズムが権力を取るよう破壊活動をした」と認定しました。

**マルガレーテ** 破壊活動？ コミンテルンは、わが党の敵はナチスではなく社会民主党だと指令したのよ。四年前、ヒトラーとの闘いを主張するハインツをベルリンからスペインに追いやった。その結果、ヒトラーが政権を取った。

**エルンスト** スターリンは、ヒトラーが政権を取った責任を誰かになすりつけなきゃならない。

**マルガレーテ** ハインツが「ファシストを叩け」と演説したとき、コミンテルンは左翼的偏向だって批判したじゃない。

電話が切れる。

**ハインツ**　もういい。私は去年、コミンテルンの指令に背いてもファッシズムと闘えと、同志レンメレに手紙を出した。……つまり、僕がスターリンに刃向かったのは事実だ。

**マルガレーテ**　去年、同志ブハーリンによって起草されたスターリン憲法は、言論・出版の自由と党内民主主義の確立を謳っているわ。

**エルンスト**　しかし、実際にはどれも実行されず、モスクワに結集した各国の同志たちは次々に逮捕された。レーニンを祖国に送り届けたスイスのアンドベールリドロはどこにいます?

**マルガレーテ**　三階に住んでいたブルガリアの老戦士ヴラポフ、フィンランドのトリリッセル、ユーゴのミラン・ゴルリッチ……。

**ハインツ**　もういい。

**エルンスト**　ブハーリンも今年三月、逮捕された。

**マルガレーテ**　ソ連一国で革命を進める。それは、ドイツ革命に失敗した結果の苦渋の選択だったはずよ。スターリンは、それをスラブ民族の優秀性にすりかえる。ヒトラーと同じじゃない。

**ハインツ**　どこの国でも大衆は愛国心て病に罹りやすい。

**エルンスト**　ハインツ。時間がない。内務人民委員会がドイツ共産党の亡命者を次々逮捕している。そして、その家族も。逮捕されるべきは、世界革命を裏切ったスターリンだ。

**ハインツ**　エルンスト。悪いが、帰ってくれ。

エルンスト　ハインツ！
ハインツ　（声を荒げて）トロツキストは帰るんだ！
エルンスト　わかりました。同志ノイマン。お気をつけて。

エルンスト、出ていく。

マルガレーテ　エルンストはあんたのことを心配してきてくれたのよ。
ハインツ　（切符を手に）この僕に逃亡用の切符を持ってきたことをカー・ゲー・ベーに知られたら。
マルガレーテ　……。
ハインツ　グレーチェ、この切符でヘルシンキへ逃げてくれ。
マルガレーテ　一緒に逃げましょう。
ハインツ　僕だけ生き延びるわけにはいかん。団結と規律が必要だ、とスターリンを支持したのは僕だ。
マルガレーテ　そのスターリンに裏切られたのよ。
ハインツ　コミンテルンの指令をドイツ共産党に押しつけてきたのは僕だ。党内民主主義を踏みにじったのは、僕だ。
マルガレーテ　あなたは、内心ではずっとスターリンの路線に反対していたじゃない。
ハインツ　指導者の心の内なんてどうでもいい。一九三三年にナチスが政権を取った後も、ヒトラーは無能だし、取り巻きたちもどうしようもない連中だから、長くて三か月、ことによると六週間ぐらいの天下だろうと僕は見誤った。

**マルガレーテ**　ナチスは主要な敵ではないと決めつけたのは、コミンテルンのほうでしょう。

**ハインツ**　その路線を僕は変えられなかった。党内闘争に負けた。政治はおとぎ話じゃない。勝たなければ意味はない。

**マルガレーテ**　それこそ、ロベスピエールの論理だわ。

**ハインツ**　……誰でも人々の幸せを夢見て政治にかかわる。しかし、この世の中を変革する力を持つということは、多かれ少なかれ政治の中に潜む悪魔と取引をすることだ。

**マルガレーテ**　ぐずぐずしていたダントンは断頭台に上がった。早く、フィンランドに逃げましょう。私、なんだってできるわ。酒場の女将にだってなれる。

インターナショナルにあわせて、女たちが赤い布を振る。

**ハインツ**　僕にはできないよ。十八の年に入党した。それから十五年、党のためだけに生きてきた。党活動をしない僕なんて……何者でもありゃしない。

**マルガレーテ**　こうして人々が革命二十周年を祝っている間にも、国中の集会場に人々が集まり、スターリンに生け贄を捧げている。

**ハインツ**　メエー、メエー。

マルガレーテ　（ギョッとしてハインツを見る）

ハインツ　贖罪の羊の役が回ってきた。メエー。「ロベスピエール、僕は人をギロチンにかけるより、自分がかけられるほうがいい。もう倦き倦きしたよ。いったいなんのために僕ら人間はお互いに戦いあわなきゃならないんだ」メエー。最後ぐらい色事師ダントンを演じさせてくれ。

マルガレーテ　その後の台詞、覚えてる。「神様が僕たち人間を作ったとき、どこか一つだけ、大きな手抜かりがあったんだ」。スターリンを擁護したあなたがスターリンに殺される。

ハインツ　メエー。

ノックの音に二人は凍りつく。

ミレナ　（読む）「すぐにノックの音がして、まだこの家で一度も見かけたことのない男が入ってきた。がっしりしていて、体にぴったり合った黒い服を着ている」。ヨーゼフ・Kは何の罪も犯してないんでしょう？

K　僕たちの世紀は、密告され、理由なく逮捕される時代なのだ。

ミレナ　「二人はKの寝巻をねんいりに調べて言った、あんたはこれからもっとずっと粗末なシャツを着なければならないことになるだろう」

K　ヨーゼフ・Kは悲劇の主人公じゃない。『審判』は、自分たちが作った社会の力関係が見えなかった滑稽な男の物語です。

ミレナ　世界中の労働者たちは今日も世界を変えようと隊列を組んでいるわ。

K　叛乱、バリケード、デモの隊列。いまに世界中で巻き起こる残忍な宗教戦争の、あれは前触れです。

ミレナ　あなたは大衆の力を信じないの?

K　洪水が拡がるほど、水は浅く濁っていき、後に残るものは、官僚主義の泥んこ。重い足かせは役所の書類の中で作られる。

クレムリンの鐘。

マルガレーテ　ハインツが逮捕された一年後、ゴーリキー公園では、モスクワ・カーニバルが開かれていました。サーカスやバラエティー・ショーの音楽が聞こえている朝、護送車の中から、木陰で抱き合っている恋人たちがずんずん遠くなっていくのを見ていました。三か月の拷問つきの取り調べの後、私は破壊活動に加わったと自白させられ、五年の重労働が決まりました。護送列車に詰め込まれてウラル山脈を越えて二週間、カザフスタンのカラカンダ収容所に着きました。二千メートルを超える雪の山岳地帯に囲まれた収容所には、鉄条網も塀もありませんでした。泥で作られた小屋に入って、私は、横になって寝られればいい。そのまま醒めなくてもいいって思いました。

汽車の汽笛。

## 6

ラーヴェンスブリュック強制収容所。

**マルガレーテ**　カザフスタンのラーゲリの裏手には、人間の排泄物が凍って山になってた。

そのとき、女囚1、2がくる。

**女囚1**　スターリン万歳!

**女囚2**　一九四一年年六月二十二日は記念すべき日になる。

**女囚1**　ヒトラーが独ソ不可侵条約を一方的に破棄して、独ソ国境を越えたの。

**女囚3**　ナチスが本性を現したのよ。

**女囚4**　ヒトラーもとうとう墓穴を掘ったわ。

**女囚5**　どうして。不意打ちをくらったソ連は壊滅する。

**女囚1**　ソ連の工業力がドイツに追いつくための猶予期間としての独ソ不可侵条約。同志スターリンの計画通りよ。

**女囚4**　これでナチス千年王国の悪夢は終わるのよ。

**ミレナ**　……また、残酷な殺し合いが始まる。

女囚1　なんだと。お前らもエホバの証人のような絶対平和主義か？
マルガレーテ　スターリンとヒトラーに憧れる数千万の家畜たちが、血みどろの戦いを始めた。そして、今もドニエプルの川の向こうでドイツとロシアの若者二百万人が殺し合いをしている。
女囚1　そういう見方をする奴は人民の敵よ。同志スターリンの天才的な戦略がファシストどもを粉砕するのよ。

ベスト、現れる。

ベスト　ドイツ軍はバルト海からカルパティア山脈に至る全戦線で一斉にソ連領に侵入した。百十八個歩兵師団、十五個機械化師団、十九個戦車師団、将兵三百万人、戦車三千六百台、航空機二千七百機で破竹のごとくモスクワを目指している。
女囚1　……。
ベスト　我々はクリスマスまでにモスクワに到達する。そうしたらあんたらも恩赦がもらえる。いいか。今からソ連邦は、ナチスドイツの敵だ。
マルガレーテ　特別監督官の予測は半分当たった。雪崩のように殺到するドイツ軍にソ連軍は総崩れになり、ヒトラーはモスクワ攻略を命じた。ソ連政府はナポレオンのときと同様、首都モスクワを捨ててクイビシェフに逃げ出した。しかしその後、ドイツ軍はロシアの自然、冬将軍に対抗できず、モスクワ攻略に失敗した。スターリンはラジオ演説で、全国民にパルチザン戦を呼びかけている。

「キャー」という叫び声。

ゲルダが「人殺しの共産党」と女囚2に草刈り鎌を突きつけてくる。

エホバの証人の女囚3が「やめなさい」とゲルダを押しとどめる。

**ミレナ**　やめなさい！

**女囚3**　（悲鳴を上げて、逃げ出す）

**ゲルダ**　何だと！（と、鎌を振り上げる）

女囚たち、女囚2をかばいながら去る。

**ゲルダ**　こら、共産党！（と、追う）お前らがうちの子を殺したんだ。

**ミレナ**　ゲルダ。

**ゲルダ**　邪魔すんな！（ミレナに振り上げる）

**ミレナ**　総統閣下が悲しむよ。

**ゲルダ**　（ハッと手を止め）総統閣下が？

**ミレナ**　ヒトラー総統閣下は東部戦線の英雄の母親が狼藉を働いたら、なんと思われるかしら。

ゲルダ　英雄の母親？
ミレナ　ハンスは死んだ。総統から鉄十字勲章をもらったんでしょ。
ゲルダ　勲章は笑わねえし、薪割りもしてくんねえし……。（シクシク泣き出す）

ミレナが、ゲルダの肩を抱く。

ミレナ　私の生まれ育ったプラハにね。大きなお城があるの。敵が攻めてきたとき、近在の農家の人たちが逃げ込めるように、お城の中には食べ物や水の貯蔵所、蹄鉄を作る鍛冶屋さん、日用品も売ってるお店から教会まであるの。逃げ込んだのは、千人も超えない近隣の百姓たち。その人たちは家族みたいに助け合い、仲間が危険にさらされたら、命を懸けて戦った。ドイツだってついこないだまで三百の小さな国の集まりだったのよ。
ゲルダ　南部の酔っぱらいは好きになれねえな。
ミレナ　え？
ゲルダ　十六のときんにさ、あたいたちはミュンヘンの城に旅行したんだよ。ある晩、旅籠でわいわいやってると、じじいがビール片手に「ブスども、静かにしろ」って怒鳴るんだ。ブスって言われたあたいは「うるせえ酔っぱらい」って言い返したんよ。そしたら、そのミュンヘン野郎「酔っぱらいは明日には直る」て言いやがったのさ。
ミレナ　（笑って）ブスは明日もブスか。でもね、そのミュンヘン野郎とも同胞だ、仲間だって思えないと、祖国のために戦場に行けないでしょう。あなた、ナチス党に入ったのはいつ。

ゲルダ　ベルリンでオリンピックがあった年。五十万の百姓たちがハーメルンの聖ミカエル祭に集まってさ。みんなと一緒に町をねり歩いていると、あたしは一人じゃないって思えたよ。あの晩、ハーメルンは魔法をかけられた街だったよ。（だんだん興奮して）あの日、総統の演説を初めて聞いたんだ。この名もないあたい、六千六百万の中の一人に向かって、あたいが新しくなること、あたいが変わることが必要なんだって。（叫ぶ）あたいはここにいます。あたいの力、あたいの持っているものすべてを総統閣下に捧げます。ああ。（座り込む）

ミレナ　見ず知らずの人たちが集まって、一つの国旗を掲げ国歌を一緒に歌って、自分たちが一つだって思おうとする。みんなを一つにするには、みんなが憎める敵を創り出すこと……。

疲れているゲルダは、もう寝ていた。

マルガレーテ　私は、少しずつ生きる気力を取り戻し始めました。きっかけになったのは、リトアニアからきた病気の母とその娘だった。リンパ腺結核に罹って労働力にならない親子をマムシのゾンダークは、絶滅者リストに書き入れた。私はふたりをエホバの証人にすることを思いついた。キリスト教原理主義の人たちは、聖書の教えに従って戦争に協力しないため、自分から収容所に入った。だから、自分からエホバの証人を脱退するって誓約すれば、釈放される。

そこへ「エホバの証人には入れません」とアンナ（女囚2）と娘（女囚6）。

**マルガレーテ**　入ったことにするだけなの。それから、今後エホバの証人とは一緒に行動しませんて誓約すれば、あなたは収容所から出られる。

**アンナ**　そんなことできません。

**マルガレーテ**　どうしてできないの？

**アンナ**　神様を騙すことなんてできません。

**マルガレーテ**　騙すわけじゃないの。神様に、ちょいと目をつぶっててもらうの。

**アンナ**　私、そんなことまでして生きていたくありません。

**マルガレーテ**　馬鹿（額をこずく）。あんた、この世に命を受けたことを甘く見てるんじゃない。今は、ゆりかごより棺桶の数が上回ってる時代。なんのためかわからず殺し合いを続けている兵士たちは、せめて明日の朝の太陽が昇るまで生きていたいと思ってるわ。あんたの娘さんはあんただけの子供じゃない。みんなの子供なの。みんなの希望なの！

**アンナ**　でも、神様を騙したら、最後の審判で……。

**マルガレーテ**　……。

**ミレナ**　（作り声で）アンナよ。神はそなたが生き続けることを望んでおられる。

**アンナ**　あんた、誰。

**マルガレーテ**　この方、今はこんな格好なさってるけれど、チェコの修道院の副院長をされていたミレナ・イェセンスカーさまですよ。

**アンナ**　（手を合わせる）失礼いたしました。

**マルガレーテ**　どちらの修道院でいらっしゃいましたっけ？

**ミレナ**　プラハの聖イジー修道院。

**アンナ**　ああ、聖ヴィート大聖堂の裏手の。

**ミレナ**　姉妹《きょうだい》よ。そなたが神がお遣わしになった我が子のために、偽りを申したとてなんで神がお怒りたもうか。神の御心は海よりも深く、山よりも高いのです。

**アンナ**　はあ。

そこへ、女囚4が女囚3を連れて入ってくる。

**マルガレーテ**　お願い。この人なの。

**女囚3**　エホバの証人に加わりたいなら、私たちのブロックまでいらっしゃい。

**ミレナ**　姉妹アンナ。神はこのたび、そなたに試練をお与えになりました。さあ、行きなさい。

**アンナ**　ありがとうございます。

アンナ（女囚2）と女囚6、女囚3に連れられて出ていく。聖歌が聞えてくる。

ミレナ、「クック」と笑う。

マルガレーテ　とっくに神様から見捨てられたのに、いつまでも神様を見捨てない人たち。
ミレナ　ここで希望を失わないのは、エホバの証人とコミュニストだけ。あんたは？
マルガレーテ　私は……。ラーゲリで人間やめたから。ひどく弱っている抑留者の隣に座って、生きていくように励ますのよ。やがて、その女が食べ物を口にする力がなくなると、女の食べ物を取り上げて、むさぼるように食べた。……私はそうやって生き延びてきた。収容所で生き残るためには、人間の尊厳を捨て、あらゆる良心の光を消し、獣同士のような争いに身を投じる。生き残るためには、心ならずも卑劣なこともさせられる。朝、目が覚めて、そんな自分とまた向き合うのかと思うと……。それは、強姦された女の恥に似ている。理屈では、恥ずべきは強姦した奴。でも、自らの意思を放棄せざるを得なかった記憶は被害者のほうに染みのように残る。……私を拷問し屈服させたあの男だっていずれは死ぬ。宇宙の時間からみたら、ほとんど同時に死ぬ。……だからどうでもいい。
ミレナ　グレーテ。一緒に本を書きましょう。隔離室に入れられて、紙とペンがあればって思ったんでしょ。昨夜、死んだマルタのこと、三日も経てば誰も覚えていない。人間が数字になってしまう。ラーヴェンスブリュック強制収容所では、何万人の人が殺されました。ソ連では何十万人が殺されました。けっして数字では表せない生きた証拠は私たちが書き残さないと。
マルガレーテ　誰のために？
ミレナ　私たちには未来がない。でも、過去と現在があるわ。

マルガレーテ　未来がないってことは希望がないってこと。
ミレナ　私たちは、この世界を変革できなかった。でも、私たちの子供たちは、もっと賢くって、権力闘争なんかしないかもしれない。良心の沈黙している時代。でも先週、乏しい配給のパンをジャガイモと取り替えて、死に行く仲間に最後の歓びを与えてやったハンガリーの女囚がいたでしょ。
マルガレーテ　ほら、見てごらんよ。夕日が沼の向こうに沈んでいく。
ミレナ　あんな美しい夕日を、私ひとりで見るのじゃつまらない。今日も命があって、銃殺の壁の下にエーデルワイスが咲いているのを見つけた。ね、ここでは死は私たちの隣にいる。あなたと私とどっちが先なのかもわからない。一か月後なのか、一週間後なのか、それとも五分後なのか。外にいたときはいつだって忙しすぎて、人生が一分一秒過ぎていくことを忘れていた。他人に脅かされる時代だからこそ、誰か他人の助けが必要なの。それを思い出させてくれたヒトラー総統に感謝。
マルガレーテ　（手を挙げて）ハイル・ヒトラー！　チェコのボヘミアンとドイツの小心者がここで出会った。私をヒトラーに引き渡したコミンテルンに感謝。
ミレナ　ウラー・スターリン！　……不幸に直面したときにだけ、自由が羽ばたく。ねえ、マルガレーテ。一緒に生き延びて私とプラハ城に行こう。プラハの南モルダウ川を見下ろす丘の民族墓地には、画家のアルフォンス・ミュシャ、作曲家のドボルザークやスメタナ、劇作家のチャペックの墓石が並んでる。プラハのどの街角にも、ビアホールがあるのよ。「雌猫」、「緑の木」。学校の前には「学校の前」ってお店。

**マルガレーテ**　二人で、ピルゼン・ビールを飲み明かす。

**ミレナ**　市役所のそばの「金の虎」には、しきたりがあるの。月曜と金曜日は常連さんの集まる日。火曜日は、作家や俳優、絵描きやボヘミアンが集まる日。ドボルザーク四重奏団や国民劇場の俳優もやってくる。水曜日はお年寄りが優先される日。

**マルガレーテ**　木曜日は？

**ミレナ**　顔見知りがこない「おもしろくない日」。

**マルガレーテ**　じゃ私たちは木曜日にするか。

**ミレナ**　マルガレーテ、私たちは、きっとお城にたどり着けるわ。

# 二幕

1

人々が踊っている。

ベッドに寝ているK。

**K**　太陽の光がまぶしすぎる。人を慈しむ人間より、仕事ができる人間が尊重される時代にミレナは隣人への気遣いと愛に満ち、美しく並外れて自由な精神を供えている太陽です。それに引き替え、私は森の奥深くに住む獣です。あの不眠と恐怖の夜がなくなれば、私は書くなどということをしないでしょう。ミレナ……。僕は君なしにはいられない。そして君と一緒には生きられない。

**ミレナ**　（登場して）あなたは、自分の小説と私を天秤にかけているの。ちがうわ。あなたは、女性を愛することができない人なの。

**K**　僕はあなたに毎日何通もの手紙を書いたじゃないですか。

**ミレナ**　あなたは、自分は男だから女性を愛し結婚しなければいけないと思っただけ。でも、本当は女を嫌っている。あなたの小説に出てくる女ときたら、男に従順ですぐ男にこびを売る色情狂の女ばっかり。あなたの子供が欲しいの。

**K**　あなたも、魔法に手を出すんですか。

**ミレナ**　魔法？

**K**　親たちとは無関係な新しい心が出現する。ユダヤの血を持って産まれたその子は、この世界と出会って苦しむ。残酷だとは思いませんか？

**ミレナ**　ここはチェコよ。ユダヤ人部落を焼き討ちしたウクライナやドレフェス事件を起こしたフランスとはちがうわ。

**K**　旧市街の迷路のような石畳の下からうめき声が聞こえる。ユダヤ人は、二千年にもわたって難民だ。

**ミレナ**　プラハのユダヤ人ゲットーは百年も前に取り壊されたのよ。

**K**　（起き上がる）ほら、そこで、あっちでせっせと穴を掘っている。死体を埋めるための穴を。猫が糞に土をかけるように、死体を埋めればなかったことにできると思っている。

**ミレナ**　（Kから離れて）お医者さまは、カフカを重度の精神障害と診断しました。現実世界の認識能力の喪失……。

**K**　私自身が不安から作られており、その不安がおそらく私の唯一の意味のあるものなのです。

**ミレナ**　（戻って）お薬は？

**K**　自由に生まれついたから人間は不安なのです。だから不安から逃れきるには、精神安定剤を致死量飲む必要があります。

**ミレナ**　窓の外を見てごらんなさい。人々は慈しみあって暮らしているじゃない。

**K**　僕は、僕たちの住むこの世界をまともに視ているだけです。

**ミレナ**　空は吸い込まれちゃいそうに青く、お日さまが微笑んでるじゃない。

汽車の汽笛。

**K**　ほら、あの列車にはたくさんの人が詰め込まれている。あの人たちは、何の罪があってあんなにギュー詰めにされているんですか？

**ミレナ**　（笑って）あの人たちは会社で働いて、今、家路についているところなの。

踊っていた人々も、どっと笑う。

汽車の停止音。

マルガレーテが梱包紙に日記を書き付けている。

**マルガレーテ**　今日もまた、ヒトラーの占領した国々から女たちが列車で到着します。この十六号ブロックだけで三百人。全部で五千人の女たちがやってきた。だから、五千の家族が主婦や母親を失った。女たちは、季節の野菜と肉の煮込みの湯気と、その向こうに浮かぶ家族の笑顔、温かいベッド、週末のコンサートを失った。

**ミレナ**　ここにないもの。ブリューゲルの絵、モーツァルト、クッキー、テニス、セックス、ビール、人生の見取り図……孤独。

サイレンが鳴る。

マルガレーテ　「スターリンは獣のようにむごたらしく人間のように卑劣だ。我々がロシアを占領した暁には、奴をロシア地方の長官に任じよう。スターリンほど巧みにスラブの獣を扱える者は他にはいない」……ヒトラーの演説よ。
ミレナ　ヒトラーはお馬鹿さんだから、ユダヤ人を排撃し、莫大なユダヤ資本と、優秀な人材を失った。でも、スターリンのように自分の同志全員を粛正するようなことはしない。
マルガレーテ　ソ連のラーゲリの囚人には希望がある。たとえ二十五年の刑だとしても、刑期が終われば釈放される。
ミレナ　そうか。私たち、ナチスが滅びるまでの無期刑か。
マルガレーテ　でも、……ここにいる政治犯は幸せ。
ミレナ　私たちが幸せ？
マルガレーテ　親衛隊の残忍なイジメに会っているときも、歯を食いしばりながら、自分は今、ナチズムと闘っているんだって思える。……モスクワから二千キロ、カラガンダのラーゲリに着いたら、土地の子供たちが囚人バスを追いかけてきて「人民の敵！　人民の敵！」って罵声を浴びせてきた。

カザフスタン。
カンカンとレール製の鐘を叩く音。

マルガレーテの横に老いた女囚（女囚2）。

**老女囚**　マホルカはどうかね。（煙草を出す）

**マルガレーテ**　ありがとう。

**老女囚**　（マッチを擦って）おまえさん、今日は？

**マルガレーテ**　監督官が、ドイツ人は作業に出ないで待ってろって。

**老女囚**　そうか。お前さんともお別れかい。

マルガレーテ、立ち上がる。

**老女囚**　どこへ行くんだい？

**マルガレーテ**　昨日、刈り入れた向日葵の種をほっぱらかしたままだから。

**老女囚**　……お前さんはおかしな人だ。

**マルガレーテ**　おかしい？

**老女囚**　囚人なのに、馬鹿正直に仕事に励む。

**マルガレーテ**　カザフスタンにきて、ロシアは貧しいんだって知った。二年続きの干魃でここのダッタン人たちも飢えてる。五歳の子供が二キロ先から雪解け水を運んでくる。私たちが働いている炭鉱も農地の開墾も貧しいロシアの民衆をいつかは救うためのもの。

老女囚　あんたはドイツ人だろ？

マルガレーテ　世界革命が成功した暁には、地球に国境はなくなるの。それと同時に、人種差別も民族主義もなくなるんです。私たちはドイツ革命に失敗した。だから、スターリンは一国で社会主義を維持しなければならなかった。責任は私たち、ドイツ共産党にあるわ。

老女囚　私の亭主の分析はちがったね。（声を潜めて）スターリンは五カ年計画に失敗して考えた。ドイツの優秀な工業生産能力にこの農奴ばかりの国が追いつくには、後二十年はかかるだろう。（笑う）もし、ドイツ共産党が社会民主党と手を組んでナチスをやっつけ、社会主義政権を成立させていたらどうなった。

マルガレーテ　世界革命が近づいたわ。

老女囚　コミンテルンの実権は誰が握る？　ロシアの何十倍の生産力のあるドイツの共産党がコミンテルンの主導権を握り、スターリンはその下っ端で甘んじなきゃならない。（笑う）

そこへ、女たちがやってくる。

マルガレーテ　どうしたの？

女囚6　（袋を見せて）これ、パンと干しニシンだけど。持ってってってくれや。

女囚5　二年、よく頑張ったな。

マルガレーテ　受け取れないわ。あんたたち、カスカスの食べ物で生きてるんだもの。

女囚6　いいや、あんたの行き先は北シベリアかもしんねえだろう。
女囚4　私らにゃ、これしか集められなかったけんど。（ルーブルを出す）
マルガレーテ　お金も！
女囚4　たった六十ルーブルだけど取っておいておくれ。
マルガレーテ　……（涙を拭く）
老女囚　最初きたときは、雌牛が怖くて回りをグルグル歩いてたによう。（みんな、笑った）
女囚5　男衆と一緒に風呂に入れないって泣き出して。ハハハハ。
女囚6　今じゃあ、コサック兵が見てようと平気で野糞たれてらあ。
マルガレーテ　本当にみんなには苦労をかけたわ。

女囚たち、静かになる。
制服（ベスト）がくる。

制服　おい、お前。直ちに出発できるよう、身の回りのものをまとめよ。
マルガレーテ　はい。（ズタ袋にセーターを入れる）
老女囚　（制服に）この女、まさか北極圏行きじゃないだろうね。
マルガレーテ　（手を止める）
制服　お前を矯正労働五年の刑から、即時国外追放に減刑する。

老女囚　コクガイツイホウ。そうかい。（マルガレーテに）あんた、おめでとう。
マルガレーテ　ありがとうございます。ありがとう。信じられない。自由になれる。私は自由よ。
制服　二年間、ご苦労だった。
女囚5　よかったね。マルガレーテ。
制服　この処置は同志スターリンの発案だ。感謝するんだな。
マルガレーテ　同志スターリン万歳！
女たち　スターリン万歳！
制服　外国に親戚はいるか？
マルガレーテ　（興奮して）パリに実の姉がいます。私、フランスのビザを持っています。
制服　そうじゃない。ドイツに親戚はいるのかって聞いてるんだ。
マルガレーテ　ドイツに？
制服　お前はドイツ人だろう。
マルガレーテ　ナチスは私がコミュニストだって知っているんです。
制服　コミュニスト？
マルガレーテ　はい。いいえ……ソ連邦での五年の刑を国外退去に減刑してくださったことに感謝しています。中立国のリトアニアにでも……。
制服　我々はお前を、お前の故国に送り届ける。
マルガレーテ　どうして？　ソ連の囚人がどうしてナチスに？

**制服**　我が国はドイツと不可侵条約を結んだ。同志スターリンは戦争より平和を選ばれた。

制服と女たち、去る。

**ミレナ**　スターリンの囚人の次は、ヒトラーの囚人か……。

**マルガレーテ**　護送列車に乗って二週間。一メートル先も見えない横殴りの吹雪の中、列車が止まり、目に飛び込んできた駅の名はブレスト・リトフスク。ドイツ国境にかかる橋の半ばで私は振り返った。遠ざかっていく橋の向こうには、ソヴィエト・ロシアがあった。私たちの希望の国だった働く者の祖国、迫害された者の安息所……。

郵便はがき

101-0064

東京都千代田区
猿楽町二—四—二
（小黒ビル）

而立書房 行

通信欄

# 而立書房愛読者カード

名　ミレナ　309―5

住 所　郵便番号

芳 名《ふりがな》　(　　歳)

職 業
学校名)

買上げ　(区)
書 店 名　市　書店

御 購 読
新聞雑誌

最近よかったと思われた書名

今後の出版御希望の本、著者、企画等

書籍購入に際して、あなたはどうされていますか

1. 書店にて　2. 直接出版社から

3. 書店に注文して　4. その他

書店に１ヶ月何回ぐらい行かれますか

(　月　回)

## 2

ラーヴェンスブリュック強制収容所。

**ミレナ** 先週から、マムシのゾンダークが、健康診断を始めた。結核、ぜんそく、テンカン、手足のない者。彼らを軽労働の収容所に移すという名目で、トラックが二台収容所にやってきた。二日後に戻ってきたトラックには眼鏡、総入れ歯、石鹸、杖、櫛、囚人番号の付いた服が積まれていた。私は結核患者たちの検査書類の偽造に精を出している。

ゾンダークとK。
離ればなれの場所で。

**ゾンダーク** また、朝、起きられなかったのかい？
**K** ええ、何度も起きようとしたんですが。
**ゾンダーク** 使命感が欠如しとるな。
**K** 使命感ですか。
**ゾンダーク** 頼んだ仕事は？
**K** なんとか片づけました。

ゾンダーク　見せたまえ。

K　（ファイルを出して）生まれつきの障害者、十八。てんかん、三十二。手足がない者、十一。結核、五十六。精神病、三十五。

ゾンダーク　収容者は一万人を越えているんだよ。もっといるだろう、働けない役立たずが。

K　なんのためにリストが必要なんです。

ゾンダーク　そんなことはお前が知らなくってもいい。

K　……僕は農夫か職人になってパレスチナに行きたい。

ゾンダーク　パレスチナ？

K　かんなをかけた白木の匂い。ノコギリの歌う歌。農場の仕事。役所の強制労働にくらべて手仕事は美しい。見かけは事務職のほうが高等に見えます。しかし、知的な作業は人間の内部に鉄格子を作るのです。自由と責任を恐れる人間は役所の書式と訓令に従う家畜になります。

ゾンダーク　家畜か。目的の分からない単純労働。細分化された作業工程。孤立感、どうしてそのリストが必要か教えてやろう。こいつらは、この世に存在する必要がないからだ。

K　存在する必要がない……。

ゾンダーク　人種生物学上劣等な人間の根絶と、矯正不能な政治的反対者の徹底的処分。それが我々に与えられた任務だ。

K　（指して）この人は前の戦でドイツのために戦って腕をなくしたユダヤ人です。

ゾンダーク　しかし、身体障害者は働けない。つまり生産性がゼロだ。

**K**　生産性……。

**ゾンダーク**　いいか。全世界の産婦人科病院で、医者は障害をもって生まれてきた赤ん坊の首をひねって、今も社会に貢献している。

**K**　社会に貢献？

**ゾンダーク**　身体障害児の出生が現在の倍になったら、健康な者はその分よけいに働かなくてはならない。

**K**　働けなくなった老人も始末するんですか？

**ゾンダーク**　もちろんだ。さあ、君は任務の断片でなく、優秀な人類を作るという偉大な事業の全体像を知った。どうだ、仕事に対する意欲は湧いてきたかな？

**K**　……。

**ゾンダーク**　（大声で）さあ、リストに載った移送者を連れてこい。

　　女囚たちと、マルガレーテ、ミレナ。
　　ゲルダがくる。

**ミレナ**　これは鎮痛剤。痛み出したら飲むといい。

**女囚4**　助かるわ。

**女囚3**　あんたは若いわ。私なんてここにきて二か月で止まっちまった。

女囚5　ミレナ。
ミレナ　なあに。
女囚5　またビタミン剤欲しいんだけど。
ミレナ　そう。でもね、あんまり盗むとゾンダークに見つかるから。
女囚5　また足がむくんじゃって。
ミレナ　ビタミン剤は親衛隊用の薬だから。
女囚5　お願い。ほんとに楽になったんだから。
女囚3　(見て)シィ!

ゲルダと女囚6がくる。

ゲルダ　ミレナ。ゾンダーク先生が呼んでるよ。
ミレナ　そう。(出ていく)
ゲルダ　あんたら、あのミレナがゾンダーク先生と何をしているか知っているかい。
マルガレーテ　病人の治療でしょう。
ゲルダ　いいや、若い女の子たちの中から、収容所の囚人用の女を選んでるのさ。
女囚3　囚人用の娼婦?
ゲルダ　アウシュビッツとか、ザクセンハウゼンとか、あっちこっちに囚人用売春宿ができたんだとさ。

**女囚5**　どうして囚人に娼婦が必要なの？

**女囚6**　ノルマ以上に働いた囚人にご褒美をやるの。

**女囚3**　女をご褒美にするの！

**ゲルダ**　すっ裸の女の子たちを並ばせて、男が好きそうな体の女を選んでいるのさ。

**女囚5**　ミレナが？

**マルガレーテ**　なんでミレナがそんなことしなきゃあなんないの？

**ゲルダ**　あの子たちは、一日に二十人以上の客を取るんだとよ。

**女囚6**　ここには女が三万人いるから、より取り見取り。

**ゲルダ**　先生とミレナはできてるって噂だよ。

**女囚3**　しっ！

ゾンダークがミレナと降りてくる。

**ミレナ**　先生、シャルロッテも採用してください。

**ゾンダーク**　あんなに痩せてちゃ、抱き心地が悪いだろう。

**ミレナ**　充分に食べさせれば、ふくよかになりますよ。きれいな娘《こ》じゃないですか。

**ゾンダーク**　そうか。じゃ、名簿に入れといてくれ。

ミレナ　ありがとうございます。（持っていた名簿に書き入れる）
ゾンダーク　これ。（ポケットから包みを取り出して）
ミレナ　なんですか？
ゾンダーク　開けてごらん。
ミレナ　チョコレート。これ……。
ゾンダーク　ご苦労さん。（去っていく）
ミレナ　（みんなの視線に気づいて）なあに？
マルガレーテ　ミレナ、あの娘《こ》たちがどこへ連れて行かれるか知ってるの？
ミレナ　ポーランドにできた囚人相手の慰安所でしょ。
女囚5　それを知ってて……。どういうつもりなの。
マルガレーテ　女性のあなたが女性の貞操を汚すことに協力する。
ミレナ　強制労働は、スターリンが発明し、ヒトラーが真似をした。でも、あの二人には人間への理解が欠けていた。労働には自発性が大切。ご褒美が必要。
女囚5　男の囚人の前に女をぶら下げるのね。
女囚6　最初は、おっぱいが大きくて足がすらっとした美人たちを、マウトハウゼンの親衛隊慰安所に連れて行った。そして、気づいた。サボタージュする囚人たちも男だって。
女囚5　女囚ならお金もかからない。
女囚3　ひどい！

ミレナ　あの娘《こ》たちは、自分から志願したのよ。
女囚6　親衛隊は、白いプリーツのスカートやら絹の小さなパンティー、レースの付いたブラジャー、ピンクのガウン、そんな物であの娘《こ》たちを釣っているのよ。
ミレナ　靴下や石鹸や香水、絹の下着……。みんな毒ガスで殺された女性たちのもの。
マルガレーテ　ミレナ！
ミレナ　いつもなぐられ、満足な食事も与えられずに重労働させられてるあの娘《こ》たちがここから出たいと思うのは当然だわ。
女囚5　……。でも……。
ミレナ　親衛隊は餓死寸前の骨と皮だけの少女たちを、抱き心地よくするために栄養をたっぷり与えて太らせる。
女囚5　あの娘《こ》たち、栄養のあるものが食べられるのね。
女囚6　人間は家畜じゃないのよ。
ミレナ　人間は家畜じゃない？　じゃ、このバラックにいつも立ちこめてるたまらない臭いはなに？ここへきて、私たちは思い知らされたわ。私たちは、おしっこもうんこもする家畜なんだって。
女囚3　あの娘《こ》たちは、汚された記憶を一生ぬぐえない。
ミレナ　（笑う）
マルガレーテ　何がおかしいの！
ミレナ　私たちは毎日、飢えて死んでいく仲間たちをなるべく見ないようにして生き延びている。

……昨日、夫や子供を殺された女たちは今日も生き続けている。その記憶だって一生ぬぐえない。

**女囚6**　うん。死体運びさせられたときの、あの冷たいグニャっとした遺体の感触、憶えてる。

**ゲルダ**　毎晩囚人とやらされた娘っ子は、まともな結婚できないね。

**女囚5**　まともな結婚？　生き延びなきゃあ結婚はできないよ。

**女囚3**　自分を汚がしてまで、生き延びたくないわ。

**ミレナ**　好きでもない男とセックスするくらいなら、死んだほうがましだという娘《こ》は、餓死を選べばいい。でも、生きたいと願う娘《こ》たちを非難することはできないわ。神様はあの娘《こ》たちが生き延びられるようにってアソコを与えたの。

**女囚3**　やめて、そんな下品な言い方。

**ゲルダ**　あたいは知ってるよ。あんたは、梅毒に罹った娼婦にマイナス反応を付けたんだ。

**マルガレーテ**　梅毒に罹った娼婦にだって生きる権利はあるわ。

**女囚4**　この女は歴とした夫がありながら、なんとかいう若いユダヤ人小説家と不倫してね。この女のベッドの要求が度を超すんで、結核だった作家は殺されるって逃げ出したんの。窃盗で警察沙汰になったこともある。

**ゲルダ**　盗人かい。じゃ緑のゼッケンに変えなきゃあ。（去る）

**ミレナ**　……。物語はいろんな読み方ができるわ。好きな男とセックスするのは恥ずかしいことじゃない。

**女囚4**　親衛隊の奴らは、政治犯を懐柔するために、あの女たちを使っているのよ。

ミレナ　いいじゃない。女を抱きたいコミュニストがいたって。
マルガレーテ　もうやめて！
ミレナ　生き延びるために、同志を密告して殺したコミュニストがたくさんいたでしょ。あの娘《こ》たちが売るのは、自分の体だけよ。
女囚4　あんたがコカイン中毒だったって、プラハのもんなら誰でも知ってるよ。
マルガレーテ　麻薬？　まさか。
ミレナ　中毒になって精神病院に一年入った。
女囚6　天使面してあきれるよ。
ミレナ　あんたたち、病棟の中庭にある箱を知ってるわよね？　あの死体箱に放り込まれる女たちは病死じゃない。太股になんかの菌を埋め込まれて化膿した傷跡。腕は注射を何本も打たれて内出血してる。わかる？　もし、ポーランド女の生体実験をやめるって約束してくれるなら、私、マムシのゾンダークとだって寝るわ。
女囚6　まあ！　チェコ女ときたらこうだもの。
女囚4　チェコ女性がみんな自堕落だなんて思いこまないで。

女囚たち、去っていく。

ミレナ　人間の堕落ってのは思想の堕落であって、肉体は堕落しやしないの。

**マルガレーテ**　ミレナ。人間には尊厳というものがあるわ。
**ミレナ**　あんたスウィングジャズ、嫌いでしょう。
**マルガレーテ**　ジャズ？
**ミレナ**　あんたも、やっぱりご清潔なドイツ人よね。あんたらが後生大事にしてる道徳には辟易《へきえき》するわ。
**マルガレーテ**　ドイツ人を十把ひとからげにしないで！
**ミレナ**　あら、そう。ヒトラーは三十三年から三十八年までに国民投票を五回も行い、最終的に六千万のドイツ国民が彼を信任したのよ。あのとき、投票した大部分は、世界一の民主的憲法を持っていたワイマール時代の普通の家庭に育った人たち。その道徳的にご立派な国民が、ほぼ十歳程度の情緒的、知能的幼稚さでヒトラーに熱狂したの。

沈黙。

**ミレナ**　ごめん。私、几帳面で完璧な人間をどうしても好きになれない。……たしかに私はコカイン中毒になったわ。二十五のとき、あなたと同じ敗血症になって、痛み止めにモルヒネを打っているうちに中毒になった。町中に精神病院入りの噂が広まった。深い穴に落ち込んだような三年間だった。……でもね、いい経験だったわ。人間は健全なときは見えないものがある。罪人になったとき、初めて見えるものがあるのよ。

**マルガレーテ**　自分を正義と思っているロベスピエールは、罪の意識もなく人を裁き、殺す。

**ミレナ**　カフカがね、美しいものは醜いものを隠しているって言った。二十二の私はなんのことかわからなかった。それから、二十年も経って、私はラーヴェンスブリュックにやってきた。収容所の入り口は満開の花。手入れの行き届いた樅の林で、クジャクとオームが麗らかに鳴いていた。誰もこの中でなにが行われているなんて想像できない。

**マルガレーテ**　囚人たちの中には親衛隊員に取り入ってブロックの監督になり、乏しい配給を独り占めしている人たちがいる。ドイツ人、チェコ人、ユダヤ人、ポーランド人。……残酷な人種、不道徳な人種というのはいない。

3

ミレナとマルガレーテ。
女囚1と女囚2がくる。

**女囚1** さぁ、いよいよ。
**女囚2** 解放の日はもうそこまできている。
**女囚1** ここを出たら真っ先になにする？
**女囚2** ソーセージとザワークラウト。いいえ、まずボストンに逃げた従姉妹に連絡を取るわ。あなたは？
**女囚1** 私はナチスの罪を徹底的に暴いてやるわ。
**女囚2** 解放の日はそこまできているのね。
**女囚1** ファシストの軍隊はスターリングラードで全滅し、九万人が捕虜になったの。
**ミレナ** どうしてそんなことがわかるの？
**女囚1** （小声で）森林伐採のために、外に出た連中が短波ラジオを持ち込んだの。
**女囚2** 一週間前から、地下の下水口で、ＢＢＣ放送が聴けるようになったのよ。
**ミレナ** すごい。
**女囚1** ナチズムを叩きつぶすのはスターリンただ一人だって分かった？

マルガレーテ　九万人の若いドイツの若者たちの遺体が、スターリングラードの凍った大地に埋まった。
女囚1　仕方ない。あいつらはファシストだもの。あいつらが私たちを収容所に入れたのよ。

爆撃の音。
そこへ、ベストがゲルダを連れて現れる。

ベスト　お前たちは、ソ連軍がドイツを占領すれば、パラダイスがくると触れ回っているようだな。
女囚1　そんな、まさか。
ゲルダ　だんだん生意気になってきやがる。
ベスト　四二〇八。
マルガレーテ　はい。
ベスト　お前がソ連の強制収容所でどんな目にあったか、こいつらに言って聞かせるんだ。
マルガレーテ　……。
ベスト　こいつらは、ソ連に強制収容所なんてないと主張してるんだぞ。
マルガレーテ　……。
ベスト　お前とお前の亭主は、スターリンを暗殺しようとした罪人だって触れ回っているんだぞ。
マルガレーテ　失礼します。（歩き出す）

ベスト　待て。四二〇八、お前は明日から九号ブロックの舎監になるんだ。
マルガレーテ　九号ブロック。
ベスト　どうした？　ユダヤ人ブロックの舎監になるのは嫌か？
マルガレーテ　許してください。
ベスト　許してください？　お前があのブロックの舎監にならなくても、毎日ユダヤ人は処理される。……お前はただ自分が殺されるユダヤ人を見たくないだけだ。
マルガレーテ　そうです。私は卑怯な人間です。
ミレナ　マルガレーテ、知っていることを話せばいいのよ。ユダヤ人ブロックの舎監にされたら……。
マルガレーテ　……。
ベスト　……人はいたいけな子供が殺されているのを知っていても……それが見えないところで……遠くで行われていれば……親しい仲間と笑いながら食事ができる。お前、クララ・リベラックを知っているな？
マルガレーテ　……。
ベスト　モスクワのホテル・ルックスでお前たち夫婦の隣に住んでたと言ってるぞ。
マルガレーテ　クララ、ここにいるんですか。
ベスト　昨日の列車でお前らのパラダイスから送られてきた。ソ連の収容所で、お前の亭主と一緒だったと言ってるんだ。
マルガレーテ　ハインツと？

ベスト　クララに会いたいか。
マルガレーテ　会わせていただけるんですか。
ベスト　二号棟でお前を待ってるよ。ゲルダ、十分だけだぞ。
ゲルダ　はい。（マルガレーテに）くるんだ。（出ていく）
ベスト　（去ろうとする女囚1、女囚2に）待て。教えてやろう。今、四二〇八が会いに行ったクララは、北緯六十五度にあるソロヴェツキー島のラーゲリで強制労働をやらされていたんだ。
女囚1　……。
ベスト　モスクワから北へ千百キロ。白海に浮かぶ島には十五世紀に建てられた修道院があって、冬には零下五十度になる。どうだお前たちも行ってみるか？
ミレナ　零下五十度！
ベスト　四二〇八の亭主は手を縛られ、首に石を付けられて氷の海に落とされたそうだ。ソ連は天国のようなところだな。

ミレナ、駆け出そうとする。

ベスト　もう遅い。
ミレナ　どうしてそんな残酷なこと……。
ベスト　残酷なのはスターリンで私じゃない。（女囚1に）どうだ、まだソ連軍が待ち遠しいかね。

空襲警報のサイレンが鳴る。

4

**ミレナ**　（記録を書き出す）ポーランドからきた女囚がアウシュビッツで行われていることについて話すのを聞いて、私は当初、その女が作り話をしていると思い、それから狂ってると考えた。石炭酸やガソリン、空気などの静脈注射、心臓内注射。そして……。一九四二年七月四日。ザクセンハウゼンから建設班の男たちがくる。痩せ細って、まるで骸骨が囚人服を着ているよう。男たちは、死体処理場の隣の倉庫にタイルを敷き詰めてる。私たちが飢えた囚人たちに食堂の倉庫から盗んできたパンを渡すと、彼らは体力を回復し、ガス室の完成が早まる。

病棟。
ゾンダークが書類をストーブにくべている。
ベストが入ってくる。

**ベスト**　ドクター。何をなさっているんですか。
**ゾンダーク**　ちょっと書類の整理をね。
**ベスト**　ＢＢＣ放送ですか。
**ゾンダーク**　とんでもありません。
**ベスト**　ＢＢＣは私も聞いています。ベルリン放送のいうことは嘘ばっかり。

ゾンダーク　モーデル将軍率いる第九軍がクルクスでソ連に敗れたなんて、でっち上げに決まってる。
ベスト　このところ、女囚たちが空き地にかり出されて、テント張りをやらされているのをご覧になってるでしょう?
ゾンダーク　……。
ベスト　ポーランドのトレブリンカ、マイダネク、アウシュビッツの収容所から、大量の囚人たちのドイツ移送が始まっています。ポーランドのルブリン収容所を接収したソ連軍が、囚人たちに暴行を加えた親衛隊員たちを絞首刑にしたというニュースもありました。
ゾンダーク　……。
ベスト　ポーランド人男性の体温を意識がなくなるまで下げ、二人の若い女性に暖めさせたあなたの実験も、そのうち放送されるでしょうね。
ゾンダーク　海に墜落した操縦士の命を救うために、北海の漁民たちの伝統的な方法について調べたんですよ。一人の女性よりも、二人の女性に背中側と腹側を抱かせると効果があります。

そこへ、ミレナとマルガレーテが女囚2を担ぎ込んでくる。

ゾンダーク　どうした?
女囚2　突然、テントの柱が倒れてきちまってさ。イテテテテ。
ゾンダーク　（見て）四七一四、お前で十分だ。（書類をしまう）

**ミレナ**　はい。

**マルガレーテ**　あんな大きなテント建てるの、女の仕事じゃない。

**ミレナ**　（見て）骨は折れてないわ。

**女囚2**　イテテテ。

そこへ、「大変だよ」とゲルダ。

**ベスト**　うるさいね、お前は。

**ゲルダ**　ワイツが脱走しました。

**ベスト**　あのジプシー？

**ゲルダ**　はい。守衛官舎の屋根から収容所の塀の上へ逃げやがった。

**ゾンダーク**　電流の通った鉄条網は？

**ゲルダ**　電線に毛布と枕をかぶせてまたいで飛び降りたんだ。今、所長さんがドーベルマンを用意させてるよ。

**ベスト**　おそらく南の沼地の辺りだ。

ベストとゾンダーク、ゲルダとともに急いで去る。

**ミレナ**　走れ、ワイツ。ジプシーは国境なんてない。飛び越えろ、塀を！　ライン河を渡り、もっと遠くへ。

**マルガレーテ**　沼地に入ったら、生きて出られない。西の農村地帯に逃げれば農民に捕まる。自然と人間、どっちが怖い……。

**ミレナ**　流浪の民ジプシーは自然の中で生きていく智恵を持っているわ。どうか無事に逃げられますように。

**女囚2**　イテテテ。

**ミレナ**　大丈夫。打撲よ。

女囚1、入ってくる。

**女囚1**　大丈夫、もう少しよ。ナチスの息の根を止めるのはスターリンしかいない。もう解放の日は近いわ。

**女囚2**　解放される？　ポーランドからやってきた女たちの話を聞かなかったの？　ソ連軍がやってきたら、東ヨーロッパに、粛正の嵐が吹くよ。

**女囚1**　粛正！　よしてよ、あんたまで。

**女囚2**　あんたはソ連軍のドイツ侵攻がなぜこんなに遅くなったか説明できる？　ソ連軍がモスクワで巻き返したのは二年も前、スターリンの粛正のお陰で赤軍上層部がぐうたらばかりになってしまったからよ。

女囚1　嘘だわ。私は信じないわ。

女囚2　じゃ、私が拷問された証拠を見せてあげる。（服を脱ぎ出す）さあ、しっかり事実をみるのよ。

沈黙。

マルガレーテ　ソ連のラーゲリであんたが体験したことは、誰にも喋っちゃいけないよ。

女囚2　なぜ？

マルガレーテ　今、ナチスに占領された国々でたくさんのコミュニストが一身を投げ出して戦っている。

ミレナ　……。

マルガレーテ　彼らは今も信じているのよ。資本家と手を組んで世界制覇を夢見るファシストさえ倒せば、働く者が報われる社会になる。そう思って戦っている。

ミレナ　ここにも、ソ連軍が東ヨーロッパを開放してくれると信じている人たちがいるわ。

女囚1　働く者の祖国ソ連にも収容所があって、何百万人という無実の人たちが強制労働を強いられている。スターリンの政敵は次々と粛正されているって知ったら、希望はどこにあるの。

女囚2　偽りの希望なら持たないほうがずっといい。

ミレナ　……ポーランドを占領したソ連軍が、プラハの町に入ってくる。スターリンの手先になったチェコ人たちが権力を握り、密告と拷問がはびこるわ。

マルガレーテ　いい。この戦争が終わって人々は自分たちの壊した廃墟の中に立たされるの。そのとき、人々が持てる希望はなに？　この世界から国境をなくし、搾取をなくす社会主義の社会でしょう。

女囚1　人々が平等社会を作る夢を失ったら、どこに希望があるの。資本主義者はきっと言い出す。よく働いた者が報われる競争社会こそ平等だ。そして富める者と貧しい者とのとめどない争いが始まるの。

女囚2　……あなたのような人がドイツで権力を握らないように祈るだけだわ。（去る）

女囚1　待ってよ。（追う）

ミレナ　……人々から革命の夢を奪わないために、あなたたちは自分がソ連で酷い目に会った事実をずっと胸の中にしまっていた。スターリニストに非難されても、ファシストの暴力にあっても、あなたたちは沈黙を続けてきた。立派よ。私にはできないよ。私だったらこーんな辛い目に会いました。こーんなひどいことをされましたって、そこらに喋っちゃう。

マルガレーテ　……ジプシーのワイツが脱走した。いったい、どこまで逃げるの？　子供たちが駆け回る庭を、鶏がミミズをついばみ、牛が鳴く。そんな風景がこのヨーロッパのどこにあるの……。

ミレナ　（記録を書き始める）ジプシーのワイツは二日目に沼地で捕まった。ケーゲル所長がジプシー・ブロックの女囚たちを集めて言った。「お前たちが三日間断食しなければならないのは、この女のためだ。この女を好きなようにせい」。……女囚たちは、一斉にワイツに飛びかかって殴る蹴る、腰掛けを持ってきて血だらけのボロクズにした。

ゲルダが女囚5の腕をねじり上げて医務室に入ってくる。後からゾンダーク。

**ゲルダ**　なんでこの収容所の中のことがロンドンに知られんだよ。
**女囚5**　知りません。
**ゾンダーク**　どうした?
**ゲルダ**　イギリスのラジオがここのことを放送したんだ。囚人のアンネマリー・シュレーダーの右目が飛び出すまで殴りつけた監守に警告するって言ってた。
**ゾンダーク**　どうしてこの収容所のことがロンドンに漏れるんだ。
**ゲルダ**　通信機を持ち込んだ奴がいます。

ミレナ、無言で部屋を出る。

**ゲルダ**　徹底的に調べてやる。
**ゾンダーク**　この収容所には二万人の囚人がいる。探し出すのは無理だ。
**ゲルダ**　いいや、この女が持ち込んだんだよ。(女囚5に) やい、通信機器はどこだ。白状しろ。
**女囚5**　知りません。

ゾンダーク　この女が短波通信機を持ち込んだって証拠がどこにある？
ゲルダ　ウィンナー・ソーセージ一本で密告する淫売女がいてね。
女囚5　……。
ゲルダ　さあ、地下にくるんだ。その可愛い尻をたっぷり叩いてやる。

そのとき、突然、サイレンが鳴り響く。

ゾンダーク　空襲だ！（逃げ出す）
ゲルダ　先生。防空壕に……。
ミレナ　（叫びながらくる）敵機来襲、敵機来襲。ツポレフ爆撃機が収容所上空に接近せり。

ゾンダークがゲルダとぶつかり、階段を転がる。
混乱の中で、マルガレーテ、女囚5を逃がす。

マルガレーテ　ミレナ、空襲よ。
ミレナ　逃げる必要なんかないわよ。
マルガレーテ　サイレンが鳴ったのよ。
ミレナ　見た？　あわてふためいて逃げるゾンダーク。一度ああいう目にあわせてやりたかったの。

**マルガレーテ**　あんた……。

**ミレナ**　毎日、私たち囚人はあのサイレンで飛び起きたり、並んだりの繰り返しだもの。一度、サイレンのボタンを押してみたかったんだ。

**マルガレーテ**　プラハの不良娘。

**ミレナ**　ポツダムの小心者！

**マルガレーテ**　これを見て。（本を見せる）ラーヴェンスブリュック強制収容所では詩集が出版されました。みんながね、それぞれの祖国の詩を思い出して事務室で盗んだ紙に書きこんだの。たった一冊の、私たちの詩集。

**ミレナ**　きれい、ビロードの表紙。

**マルガレーテ**　特別監督官殿のイブニング・ドレス用の生地を盗んだのは私。

**ミレナ**　あなたが？

**マルガレーテ**　ちょっとプラハの不良娘の真似をしてみただけよ。（笑う）

**ミレナ**　（本を読んで）

帰れるのだとしても　今はどこへ行ったらよいか
なじみのカーテンが　風にふくらむのが見える
そのとき誰かがドアをたたき　すべてが一度に消えてゆく

5

執務室でベストとゲルダがラジオの周波数を合わせている。

**ゲルダ**　うちの村にもユダヤ人の靴職人がいたんだけど、あたいのところが困っているって知って、鴨の薫製を届けてくれた。

**ベスト**　そりゃ、劣等人種の中にもいい人はいるだろう。

**ゲルダ**　劣等。靴屋の息子のワルターなんか、学校の成績は一番だった。うちのハンスは劣等だったけんど。

**ベスト**　そう。お行儀のいいドイツ人たちは言う。ほとんどのユダヤ人は豚だけど、私の知っているユダヤ人はちゃんとした人だ。いい。劣等人種の絶滅は憎しみからじゃない。……道徳なんだ。

**ゲルダ**　あと十メートルでガス室だってのに、すっ裸の母親たちは赤ん坊のおっぱいの心配をしているんだ。

**ベスト**　……お前はヒットラー総統を信じないのかね。

**ゲルダ**　めっそうもない（手を挙げて）ハイル・ヒトラー！

**ベスト**　総統閣下は十三歳で父親を亡くされ、十八歳のとき母親をガンで失った。それにもめげず総統はドイツの民衆の、（指して）お前だ。お前らのために今日も働いていらっしゃる。

**ゲルダ**　あたいのために。（シクシク泣く）

**ベスト**　総統閣下はお酒も煙草もやらない。知ってる？　総統は帝国首相としての給料を取ってないんだよ。「わが闘争」の印税だけで我慢なさっている。総統は自分のことじゃなくドイツ国家のためだけに働いていらっしゃるの。

**ゲルダ**　立派だねぇ。

**ベスト**　総統を支持する？

**ゲルダ**　そりゃ、総統閣下がきてくれなかったら、偉い人はいつまでも偉くて、お金持ちはいつまでもお金持ちだもんね。あたいたちみたいな学のないものは、一生泥にまみれて生きていかなけりゃあなんねぇ。

ドアが開いてゾンダーク、マルガレーテ、ミレナが入ってくる。

**ゾンダーク**　駄目だと言ったら、駄目だ。監督官だって許されるわけがない。

**ベスト**　（ラジオを消して）どうした？

**ミレナ**　特別監督官、お願いします。クリスマスをやりたいんです。

**ゲルダ**　クリスマス？

**マルガレーテ**　ここの子供たちは一度もクリスマスを楽しんだことがないんです。

**ベスト**　それがどうした。（電話が鳴るので出る）はい。特別監督官です。

**マルガレーテ**　一度でいいから、お腹いっぱい食べさせたいんです。

ゾンダーク　ここは保育園じゃないんだ。第一、食料の余裕はない。
ミレナ　倉庫の中には国際赤十字が私たちに送った食料があるはずです。ソ連はどんな罰を下すでしょうね。
ゾンダーク　脅すつもりか。
ベスト　分かりました。（電話を切って）ゾンダーク博士。親衛隊本部から出頭を求められています。明日ベルリンに行くように。
ゾンダーク　ベルリン……。
ベスト　あなたがガス室に送った囚人たちの持ち物を盗んでいたことが判明しました。非常に残念です。
ゾンダーク　監督官……。
ベスト　ユダヤの金持ちたちがコートに縫い込んでいた宝石や指輪……。
ゾンダーク　（ゲルダに）おい、そのバッグの中身出してみろ。
ゲルダ　え？
ゾンダーク　（強く）出すんだ！
ゲルダ　（靴と本を投げ出す）
ゾンダーク　ヨハンナ・シュペーヤー。三日前にガス室で処理したユダヤ人の子の持ち物だ。
ゲルダ　オンボロの靴と表紙のとれた本一冊でねぇか。
ゾンダーク　ご覧のとおりです。私だけじゃない。ここでは誰でもやっている。あなただってご存じのはずだ。

**ゲルダ**　もう二度としませんから。お願いします。ここをやめさせられたら、どこで働いたらいいんだよ……。あたいはヒトラー総統のために……。

**ベスト**　もういい。もうたくさんだ。お前を首にはしない。本と靴は持って帰ってもいい。（出て行く）

**ゲルダ**　ありがとうございます。

**ゾンターク**　監督官。（追う）

ゲルダ、本を袋にしまい突然、ミレナの耳を引っ張る。

**ミレナ**　なによ！

**ゲルダ**　あんたら、腹の中であたいを笑っているな。

**マルガレーテ**　笑ってなんかいない。

**ミレナ**　息子のために盗みをしたのね。

**ゲルダ**　ミカエラのぼろ靴が小さくなっちまって、今、木靴履いてんだよ。あんたら、木靴なんて履いたことあるか？（本を読む）『「わたしも歌が歌えたら」とみつばちのマーヤはいいました。「あそこのこまどりさんのように。そしたら、花の上にとまって、一日じゅう、うたっているんだけど」』

マルガレーテ　……。
ゲルダ　あんたら金持ちの親父持って学校まで出してもらって、なんでアカになったのさ。
マルガレーテ　……。
ゲルダ　あんたらアカはミンシュウのためっておっしゃるけどね、チャンチャラおかしいよ。みんないいとこの坊ちゃん嬢ちゃんで、隣の子の食べ物盗むなんてしねぇで生きてこれたんだろう。
（出て行く）

ベストが大きな箱を抱えて戻ってくる。

ベスト　お前たちは思っている。この残酷な収容所の監督官をしていて、女として母親として私の良心に反しないのかと。
マルガレーテ　……。
ベスト　たしかに腐敗堕落した親衛隊員は、ヒトラー閣下の理想を裏切っている。あのゾンダークのような下劣な奴らも多い。クリスマスには子供たちのサンドイッチに、少しソーセージを挟んでやったらどうだろう。
マルガレーテ　ソーセージを？
ベスト　国際赤十字からきた奴が一箱だけ残っていた。パーティーは、資材倉庫を使うといい。盗みが増えて、どうせほとんど空っぽだ。森林伐採隊に樅の木を伐らせよう。

ベスト去る。

ミレナとマルガレーテ、無言で「やったー!」

**マルガレーテ**　親衛隊のの連中はソ連軍がきたときのことを心配し始めている。

**ミレナ**　ねぇ、人形劇、やろう。輸送班には小包用のボール紙がある。塗装班のペンキを持ってきて紙粘土で人形を作って。

**マルガレーテ**　人形劇か。あんたはチェコの民謡を歌う。私はローレライを歌うわ。

**ミレナ**　ローレライ?

**マルガレーテ**　ドイツでは、ローレライは作詞者不詳。でも、ユダヤ人ならだれでも知ってるわ。本当はユダヤ人ハイネの詩。

**ミレナ**　そろそろ行かなきゃ。看護病棟の患者が待っているわ。ポーランドから新しく入ってきた四千人の囚人に共同の、浴場と便所が一つ。チフス、結核、赤痢に、リューマチ……。

ミレナ、立ち上がるが、倒れた。

**マルガレーテ**　一九四四年一月、ミレナは過酷な病棟勤務と栄養失調のため、腎臓を患って倒れた。

## 6

Kがやってくる。

**K** 昨夜、夢を見ました。僕があなたになったり、あなたが僕になったり、最後にどうしてだか、あなたに火がつきました。

**ミレナ** 私が燃え出したの？ 私は殺されるの？

**K** 僕は布きれで火を消し止めようと、古い上着をつかんであなたを叩きました。ところがまた変身が始まって、あなたはもうそこにおらず、燃えているのはこの僕であり、上着で叩いているのもこの僕だというひどいことになりました。

**ミレナ** もしかしたら、私たちのこの世界全体が病気なのかもしれない。あなた一人が健康で、正確な理解力とまっとうな感覚をもっている純粋な人間なのかもしれない。でも、もう疲れた。

地区SS高官たちのパーティー会場。
バッハの「ブランデンブルク協奏曲五番」

**夫人1（女囚4）** これはフルトウェングラーが一昨年、ウィーンで録音したものですわ。

**ベスト** 彼ほど愛国的芸術家はおりません。

夫人2（女囚1）　これはガイセンハイムのワインですか。
男（ゾンダーク）　日照時間が足りないせいで、モーゼルのワインはこくがない。やっぱりシュロス・ヨハニスベルクが最上です。
ベスト　奥様、このフラウメンクリューセをどうぞ。
夫人1　まぁ、いいお味。アンズは何分ぐらい煮込むのでしょう。
ベスト　十分から十五分。
夫人2　十分から十五分！
男　チクロンBを空気に触れさせますと、猛毒ガスが発生し、十五分で二千人が片づきます。
ベスト　オーブンで焼く時間は二百二十度で四十分。
夫人1　いい色に焼けてますこと。この香り。
男　ピルケナウでは三十分で焼き上がります炉が百二十、用意されています。一度に三体ずつ焼きますと、一日で一万七千人が処理できます。
夫人1　薪で焼いていた頃に比べたら、本当に楽になりましたわね。

SSの軍歌が聞こえてくる。

夫人1　まぁ、フルトウェングラーが台無し。
夫人2　大衆が好きなのは、大げさな音楽、大がかりで莫迦げたページェントですもの。

軍歌続いて。

**マルガレーテ**　あなたの望みどおりになっておめでとう。「僕たちの二十世紀は大衆の時代だ」ドイツの一伝令兵が第三帝国の総統になり、グルジアの田舎町の靴屋の倅がヨーロッパからアジアにまたがる強大なソ連邦の頭目になったわ。ドイツとソ連邦の収容所が無実の人々であふれているとき、今世紀の主役、大衆たちはヒトラーとスターリンに熱狂しているわ。

**ハインツ**　僕たちには希望があった。インターナショナルの旗の下に、世界から国境が消え、貧困も侵略戦争もなくなる日がくるって信じていた。

**マルガレーテ**　社会の底辺で苦しむ民衆の時代になるはずだった。飢えた子のいない、みんなが分け合い慈しみ合う社会を創ろうと立ち上がった革命家たちが、人類が経験したことのない同類殺しをやった。

**ハインツ**　何が起こっているのか理解しようと思った。できなかった。密告者になるか、発狂し自殺するだけだ。もっともいい方法は信じること、信じる者は救われる。

**マルガレーテ**　ハインツ……。

**ハインツ**　氷の海の下は真っ暗だ。春になればたくさんの凍った死体が海一面に浮かびあがるだろう。

（去る）

**マルガレーテ**　ハインツ！

男　我々はドイツ民族を生み育てるためにレーベンスボルンに、命の泉という施設を作りました。
ベスト　命の泉？
男　典型的なドイツ民族の青年を親衛隊の中から選び出し、未婚女性に種つけを行う。
夫人2　まぁ、素敵。もう少し、若かったら、お役に立てたのに。残念ですわ。

爆撃音。
屋根の上に、驚喜して上着を振り回す囚人たちの姿。
ゲルダが女囚3を連れてくる。

ゲルダ　エホバの証人を脱退すれば釈放だよ。
女囚3　神の御教えに従って召されるなら、本望です。
ゲルダ　あんたが死んだら子供たちはどうなるんだ。
女囚3　私たちは光を見て、神の子になるために、家族を捨てたのです。
ゲルダ　このままじゃ、本当に殺されちまうよ。
女囚3　覚悟はできています。ヨハネの黙示録十六章十六節。「かの三つの霊、王たちヘブル語でハルマゲドンと称ふる処に集めたり」神と悪魔の最終戦争ハルマゲドンでこの世界は終わるのです。みなさん。悔い改めてください。「かくて数多の稲妻と声と雷とあり、また大いなる地震おこれり、人の地の上に在りしこのかたかかる大いなる地震なかりき。大いなる都は三つに裂かれ、諸国の町々は倒れ、大いなるバビロンは神の前におもい出されて、激しき御怒りの葡萄酒を盛りたる酒杯を与えられたり……」

ベッドのKには、大量の点滴の管が付けられている。

**K**　最後の審判を先取りして味わうこと。そこで問われる罰とは、人が自分のしていることを、もう一度調べ直すことです。それはかつてよいことだと思っていた行いを見直すことなのです。

**ミレナ**　ユダヤの民は、ヨルダン川を渡り、長らくカナーンの地に住んでいた人々を皆殺しにして、自分たちの国家を作った。「災いなるかな。大いなる都バビロンよ、汝の審判の時は来れり」

**K**　不義をなす者はいよいよ不義をなし、不浄なる者はいよいよ不浄をなし……。

**ミレナ**　測量士はお城に呼ばれてこの村にきたんでしょう？

**K**　僕たちはこの世界にいる。ここにいるからには、いる理由がありそうなもんだと誰しも思う。しかし、僕たちはこの世界に呼ばれてきたんだろうか？

**ミレナ**　分からない。でも私たちは生きている。お城へ向かって登り続けて行かないと……。

**K**　登っていくといつかはたどり着けるのかい？

**ミレナ**　この世界は変わり得るし変わらなければならないの。たとえ本物のお城じゃなくて、お城みたいなところでも、私たちは歩き出さないといけないの。

K　（小声で）ミレナ、城みたいなところにたどり着くにも、たくさんの血が流れるんだ。おまえが階段を昇ることをやめないかぎり、階段も終わらない。おまえが昇る足下から階段は上のほうに伸びていく。

## 7

病棟のベッドに寝ているミレナの横で記録を付けるマルガレーテ。

**マルガレーテ**　一九四三年一月三十一日、ドイツ軍はスターリングラードで全滅し、九万人が捕虜になった。十六万人のドイツの若者たちの遺体が、スターリングラードの凍った大地に埋まった。

**ミレナ**　マルガレーテ。それ、やっぱり燃やそう。危険だわ。

**マルガレーテ**　燃やす？　この記録は私たちがここに生きた証よ。あなたは書いた。（束の中から一枚を出して読む）「最も危険なのは普通の人間。どんな権力にも仕える順応主義者。上に対しては奴隷、下に対しては暴君。すべての国家は、奴隷と暴君に満たされている。彼らは言う。みんながやっていたことだから」。燃やしたくないなぁ。

**ミレナ**　そんなもん、戦争が終わったら、すぐ書けるわ。オシッコするみたいに簡単なこと。

**マルガレーテ**　ハイネも言ってる。本を焼く人々は次に人間を焼くって。

**ミレナ**　見てごらん。今日も焼却炉の煙突は煙を出している。材木がもったいないと、一つのお棺に二つの死体を入れて焼いている。ここから脱出する唯一の道はあの煙突よ。私の書いたものなんか。

**マルガレーテ**　もし、あんたが死んでしまったら、カフカからもらった手紙は誰がプラハの銀行の金庫から出すの。

ミレナ　ねぇ、私たちが生き残ることは、何か意味があるの？
マルガレーテ　ええ！　私たちは、語り伝えなければならない。そうでしょう。
ミレナ　カフカはね、全著作を焼くように頼んで死んだの。
マルガレーテ　ミレナ！　そんなの駄目。希望を捨てちゃあ駄目。……ミレナ、歴史はね、ジグザグに進むの。時にはすべてが悪く見えるときだってある。プラハのボヘミアン。もうすぐ戦争は終わるわ。ねぇ、もう少し生きよう。二十世紀の前半は私たちの失敗。だから私たちは後の世代に記録を……。
ミレナ　ポツダムの渡り鳥、私には見える。二十世紀の後の半分、子供たちの世代はきっと私たち以上に殺し合い、報復をくりかえす。
マルガレーテ　ミレナ、あなたみたいな人が希望を失ったらこの世界はどうなるの。
ミレナ　……。ねぇ、もう寝かせて。私、疲れた。（目をつぶる）
マルガレーテ　（読んで）「私たちはここに、この星に呼ばれてきたのだろうか？　この星の居候の中でもっとも傲慢で、自分たちの仲間をこき使い、いじめ、殺し合う生物……」

ゲルダが花と薪を持ってくる。
マルガレーテ、慌てて箱に隠す。

ゲルダ　大丈夫かね。四月だっていうのにやけに寒いじゃねぇか。

**マルガレーテ**　しー。ね、今、寝たとこ。（小声で）グラジオラス！　どこで見つけたの？
**ゲルダ**　もうすぐ春なんだよ。（ストーブに薪をくべる）
**マルガレーテ**　ありがとう。薪、持ってきてくれたのね。
**ゲルダ**　あちこちかき集めてきたけど、これだけだ。ねぇ、ソ連軍がきたらあたいらどうなるの？
あんたたちが「酷いことをしたのはそこにいるゲルダだ」って言いつけるんだ？
**マルガレーテ**　……。
**ゲルダ**　カー・ゲー・ヴェーの取り調べはきついんだろうね？
**マルガレーテ**　……。
**ゲルダ**　シベリアの収容所で強制労働だろうね。女は酷い目に遭うのかい。
**マルガレーテ**　女を辱めるのはどの国の男も同じよ。あたしも何か燃やすもの探してくる。（出て行く）
**ゲルダ**　（ミレナの足に触って）いやぁ、冷てぇ。こんなに冷えきっちまって。（ストーブを覗いて）戦、
始めるときゃ、景気のいいことばっか言って、近頃は薪一本、満足にありゃしねぇ。
**ミレナ**　（うめく）
**ゲルダ**　寒みいだろう。今、なんか燃やすもん探すから。（とミレナとマルガレーテの記録の入った箱を見つける）ああ！　あった、あった。ちょっと待ってろよ、お嬢さん、今、あったかく、すっから。
（記録の束をストーブに入れ、フーフー吹く）ほら、燃えた燃えた……。

**ゲルダ**　なぁ、ミレナさんよ。元気になってくれよな。ほーれ、暖かくなってきただろう。大丈夫だよ。まだまだあっから。（一枚をとって読む）「ミレナの向かいのベッドには瀕死のフランス娘が寝ていた。収容所の食事が食べられないほど弱った娘のために、ミレナは危険を冒してパンをくすねた」「フランスの少女はパンをほんの少し食べると、『ラ・マルセーズ』を歌い出した。（「ラ・マルセーズ」を鼻歌で歌いながら、記録をどんどんストーブにくべる）この不幸な時代に私はかけがえのないミレナと友人になった」

女たちが出てきてミレナの遺体を馬車に乗せた。

**マルガレーテ**　一九四四年五月十五日、英米軍のノルマンジー上陸の二十五日前、ミレナはこのラーヴェンスブリュック強制収容所の門をくぐった十三万三千人のうち、あの煙突から天に昇った九万二千人のひとりとなりました。

**ミレナ**　（鞄を持って現れる）マルガレーテ、さあ、早く。

**マルガレーテ**　ちょっと待って。ブリューゲルの複製と中が毛皮の帽子をあなたに買うんだから。

**ミレナ**　ボヘミアの森から流れくるモルダウ川はサンザシや白いライラックの咲き乱れる野原を横切り、柳とハンノキの茂みの間を流れてくるベロウンカと合流する。岸からは、狩りの角笛や、農民の婚礼の踊り。マロニエの咲く舟着き場のレストランからは、アコーディオンの音。広場でフォークダンスが始まっているのよ。ほら、広場のその向こうが、フランッと散歩した『黄金の小道』。プラハ城はものすごく大きいの。それは敵が攻めてきたとき、農民たちを匿う逃げ城だったからなの。足下に気をつけて。敷石がでこぼこだから。マルガレーテ、お城までもう少しよ。

# 上演記録

二〇〇二年九月二十七日(金)〜十月八日(火)
世田谷パブリックシアター

■スタッフ

脚本　斎藤憐
演出　佐藤信
美術　佐藤信
　　　星健典
衣裳　合田瀧秀
照明　斎藤茂男
音響　島猛
振付　神崎由布子

演出助手　鈴木章友
舞台監督　森下紀彦
技術監督　熊谷明人
企画・制作　世田谷パブリックシアター
平成14年度文化庁芸術拠点形成事業
主催　財団法人世田谷区コミュニティ振興交流財団
(現・財団法人せたがや文化財団)

■キャスト

ミレナ・イェセンスカー　南果歩
マルガレーテ・ノイマン　渡辺えり子
ゲルダ　渡辺美佐子
ヘレーネ／仮面の老女囚　大方斐紗子
ベスト／制服　大崎由利子
ケーテ／仮面の女囚　北村魚
ヒルデ／仮面の女囚／夫人　西山水木
イルセ／仮面の女囚／アンナ　山口詩史

ナーナ／仮面の女囚／夫人　石村　実伽　K　真那胡敬二
ワイツ／仮面の女囚／アンナの娘　小崎友里衣　ゾンダーク／エルンスト／SSの男　大鷹　明良
ハインツ・ノイマン　二瓶　鮫一

ミレナ

2003年10月25日　第1刷発行

定価　本体1500円＋税

著者　斎藤憐

発行者　宮永捷

発行所　有限会社而立書房
東京都千代田区猿楽町2丁目4番2号
電話 03（3291）5589／FAX 03（3292）8782
振替 00190－7－174567

印刷　有限会社科学図書

製本　大口製本印刷株式会社

落丁・乱丁本はおとりかえいたします。

ISBN 4-88059-309-5 C0074
装幀・神田昇和／写真撮影（カバーも）・宮内勝